VOCÊ NÃO MERECE SER FELIZ

VOCÊ NÃO MERECE SER FELIZ

COMO CONSEGUIR MESMO ASSIM

CRAQUE DANIEL

PREFÁCIO DE
PROFESSOR CERGINHO DA
PEREIRA NUNES

Copyright © 2020 by Daniel Furlan e Pedro Leite

Copyright do prefácio © 2020 by Caíto Mainier

Este é um livro de ficção escrito por DANIEL FURLAN E PEDRO LEITE

Revisão JULIANA SOUZA E MARCELA DE OLIVEIRA

Capa e projeto gráfico MAIKON NERY

Fotos de capa e miolo LEO AVERSA

Foto Cerginho RAFAELA CASSIANO

CIP-BRASIL. CATALOGAÇÃO NA PUBLICAÇÃO
SINDICATO NACIONAL DOS EDITORES DE LIVROS, RJ

D185v
2. ed.

    Daniel, Craque
        Você não merece ser feliz : como conseguir mesmo assim / Craque Daniel ; escrito por Daniel Furlan e Pedro Leite ; prefácio Cerginho da Pereira Nunes. - 2. ed. - Rio de Janeiro : Intrínseca, 2023.
        160 p. ; 21 cm.

    ISBN 978-65-5560-718-5

        1. Humorismo brasileiro. I. Furlan, Daniel. II. Leite, Pedro. III. Nunes, Cerginho da Pereira. IV. Título.

23-82478   CDD: 869.7
                    CDU: 82-7(81)

Gabriela Faray Ferreira Lopes - Bibliotecária - CRB-7/6643

06/02/2023   09/02/2023

[2023]

Todos os direitos desta edição reservados à
EDITORA INTRÍNSECA LTDA.
Rua Marquês de São Vicente, 99, 6º Andar
22451 041, Gávea — Rio de Janeiro RJ
Tel./Fax (21) 3206 7400
www.intrinseca.com.br

Este é um livro assinado por um personagem fictício, o suposto ex-jogador e atual apresentador/empresário de atletas Craque Daniel. Trata-se de um exercício criativo de imaginar como seria um livro de autoajuda idealizado por esse ser abjeto. Portanto, para desfrutar dessa leitura é essencial compreender seu caráter ficcional. Inclusive, não ser capaz de identificar ironia pode ser sintoma de demência; se for o seu caso, procure ajuda médica, você pode estar sendo vítima de alguma doença neurodegenerativa.

Dedico este livro à minha equipe: ao Repórter Edvaldo e sua incansável busca pela notícia, mesmo quando as luzes do estádio e da esperança já se apagaram, mas ele segue firme, sem ter como voltar para casa; e principalmente ao Professor Cerginho da Pereira Nunes, que com seu pensamento raso e opiniões sem sentido me ajuda a conduzir, de alguma maneira, o programa *Falha de Cobertura* em sua inabalável caminhada jornalística de alta periculosidade e baixa escolaridade. Difícil dizer o que eu acho sobre a minha equipe. Eu não acho nada.

SUMÁRIO

11 Craque Daniel, sem medo da verdade
16 Prefácio de Professor Cerginho da Pereira Nunes

introdução
23   COMODISMO,
       INDIVIDUALISMO
       E FELICIDADE

parte 1
       ÉTICA, BOM SENSO E OUTROS
       CONCEITOS OBSOLETOS

29 1 **Doce, doce inércia**
33 2 **A mentira como vantagem evolutiva do ser humano**
45 3 **Tudo é adiável (menos a felicidade)**

parte 2
COMODISMO

- 55   4 **Conformando-se com o mundo**
- 58   5 **Vão tentar te obrigar a viver intensamente**
- 77   6 **Conformando-se com você**
- 82   7 **O prazer de desistir**
- 87   8 **Nunca acredite no impossível**

parte 3
INDIVIDUALISMO

- 119   9 **O altruísmo vai destruir a sua mente**
- 129 10 **O maravilhoso mundo da indiferença**
- 139 11 **O poder terapêutico do rancor**

155 *Epílogo*
156 *Agradecimentos*
158 *Sobre os autores*

Craque Daniel, sem medo da verdade

Ex-marido, pai biológico, ex-atleta, apresentador, empresário esportivo e, principalmente, inocentado de todas as acusações feitas contra ele, Craque Daniel nos presenteia com este livro recheado da sabedoria que acumulou nos gramados e nos bastidores do futebol. Entretanto, trata-se de uma sabedoria ampla, não voltada para o esporte, mas para o quase insuportável peso que é simplesmente existir.

E é justamente por ter se criado no hostil meio esportivo, onde ninguém é amigo de ninguém, que Craque Daniel nos brinda com tanta força e mágoa em suas palavras quanto em sua mágica perna esquerda de quando atuava, antes da trágica fisgada na panturrilha que o cortou da Copa quando tentava subir num ônibus em 1990. Mesmo em se tratando do criador do voleio rasteiro, que jamais reverteu um arremesso lateral e pouquíssimas vezes foi flagrado em exames diversos (seja antidoping, bafômetro ou paternidade), arrisco dizer que Craque Daniel chega em seu auge aqui neste livro que você tem em mãos.

Toda a paradoxalidade do voleio rasteiro™, movimento criado e patenteado por Craque Daniel nos gramados.

Quem tem o privilégio de acompanhar a velocidade de seus pensamentos e de sua caneta no programa *Falha de Cobertura* sabe que a verdade é de alta periculosidade. E quem testemunha a grandiosidade com que abraça intelectualmente o desfavorecido Professor Cerginho, desde que se conheceram num torneio de detentos até os dias de hoje, sabe que não foi nem nunca será o bom senso a deter o ímpeto da verdade trazida por esse craque da retórica e da vida. Sem dúvida, Craque Daniel possui um dos corpos e discursos motivacionais mais desejados do Brasil hoje.

Assinado: *Craque Daniel*

PREFÁCIO

"Eu tenho um sonho.
Mas o Craque Daniel me
proibiu de sonhar."

Cerginho da Pereira Nunes

Prefácio:

Quando Craque Daniel me obrigou a escrever o prefácio desse livro, eu fiquei ~~com medo~~ muito feliz, porque eu já estava completamente alfabetizado — com uma ou outra falha — e isso me deixava pronto pra cumprir essa obrigação, porque, segundo Craque Daniel, você só pode desistir de uma coisa quando você não é obrigado a fazer essa coisa.

E nesse caso eu sou obrigado.

Só fiquei um pouco triste, porque eu não sabia o que era prefácio e acabei perdendo uma semana nessa dúvida, o que me custou também todas as ideias que eu tinha pra escrever. Quando minha cabeça enche, eu só consigo aprender uma coisa se eu esquecer outra. Às vezes eu choro quando isso acontece, mas como não adianta nada, eu começo a rir sozinho. E me sinto bobo.

Craque Daniel me explicou que o prefácio é um texto que vem primeiro no livro, e isso me deixou novamente muito feliz. É uma honra ser o primeiro a ser lido pelas pessoas que compraram esse livro, principalmente por aquelas que estão em busca da felicidade, que é algo completamente impossível. Eu pensei até em contar como eu venho buscando a felicidade, sem sucesso, desde aquele dia que eu recebi o meu diploma de Escultor em Sabonete, mas Craque Daniel falou, então tudo bem.

De qualquer forma, ainda não li o livro, porque pra mim é mais fácil escrever do que ler. Ler é muito mais difícil! Ler é descobrir o que outra pessoa pensou, cada letra é uma surpresa, quando acabam as letras vira uma palavra, e quando tem um ponto, tudo que você leu é uma frase, aí você tem que ler tudo de novo, sabendo o que é o que.

Às vezes eu leio 18 vezes uma frase. Às vezes 15. Mas escrever não, escrever é bom demais — falar é melhor. Escrever o que você está pensando é muito bom, porque você já sabe que letras você vai usar, que horas você vai usar uma palavra, escolhe quando é uma frase ou não. Escrever pra mim é uma grande brincadeira. Eu vou pulando de letra em letra, nadando e bebendo água na cachoeira dos meus pensamentos. Você pode brincar com a letras e inventNÃO PODE.tá. (craque daniel lê cada linha)

A única parte difícil de escrever uma coisa é que muitas vezes o que você escreveu vai embora, num bilhete, numa carta, ou numa parede ~~de~~ de cela, quando você é transferido de presídio, e você não pode ir junto pra explicar o que você quis dizer. E num livro é assim também.

Você escreve o livro, mas você não pode ir junto com a pessoa que comprou seu livro, pra explicar pra ela suas ideias. Isso inclusive iria contra a ideia de um livro, que é de falar com as pessoas da forma mais distante possível, sem que elas possam perguntar alguma coisa pra você, reclamar, pedir o dinheiro de volta, ou pedir um filtro de barro.

Desculpa ter gastado todo esse tempo contando essa história sem sentido nenhum — Craque Daniel me obrigou a escrever essa frase — mas espero que, mesmo não merecendo, você consiga encontrar a felicidade. Mesmo que seja enquanto lê esse livro. Eu também fico feliz, quando leio alguma coisa.

Cerginho da Pereira Nunes

(jornalista diplomado — aguardando diploma — e professor reitor das Faculdades Cérgio da Pereira Nunes de Jornalismo Relâmpago

INTRODUÇÃO
*comodismo,
individualismo e felicidade*

"**Todos têm direito a opinião, desde que não seja uma opinião patética.**"

———

Craque Daniel aconselhando o Professor Cerginho

A humilde proposta deste livro é demonstrar através de 26 toques para o bem-estar eterno e absoluto que a felicidade não só é possível como é a sua obrigação.

"QUEM ESTÁ INFELIZ ENTRISTECE OS OUTROS À SUA VOLTA E, PORTANTO, DEVE SER COMBATIDO COM FELICIDADE."

É bem verdade que quem está feliz também tende a entristecer os outros à sua volta, mas este é um livro sustentado pelos dois principais pilares da felicidade, o comodismo e o individualismo. Uma publicação baseada puramente na minha opinião, com diversas correntes de pensamentos, todas minhas, e por isso cada capítulo abre com uma citação minha, assinada por mim, porque são minhas.

Os 26 toques deste livro o conduzirão ao bem-estar imediato, o único possível, já que tudo que é trabalhoso não combina com felicidade. O chamado "toque" é menos que um conselho (e, como já é sabido, o ato de aconselhar já está totalmente ultrapassado na sociedade) e um pouco mais que o desprezo, portanto a forma mais ágil e moderna de contribuir com a evolução do próximo, para quem ainda tem esse fetiche de contribuir com o próximo.

São trazidos aqui também os benefícios da apatia, do conformismo, do egoísmo, do pessimismo, do rancor, da indiferença, da ignorância, da mesquinharia, da mentira e da breguice.

O auge sempre dura menos que a busca e a decadência. A felicidade está, portanto, na simplificação, na existência banal, sem aspirações e expectativas, com um grau mínimo de surpresas e desilusões. Normalmente separado da felicidade por um "se", o indivíduo segue eternamente adiando seu bem-estar, pois seria feliz "se" fosse rico, "se" fosse belo, "se" não estivesse soterrado com a família por lixo hospitalar após um terremoto seguido de um terrível acidente automobilístico, quando na verdade se seguisse este livro nada disso teria importância.

A finalidade primeira e última deste livro é, sem pré-requisitos, revelar a sua vocação para a felicidade enterrada sob camadas de autocensura e pressão social. Um processo que convive em perfeita harmonia com a nossa amiga inércia, a doce inércia, pois exige uma acomodação interna, não um movimento, já que movimento é busca, busca é desejo, desejo é falta e falta é infelicidade.

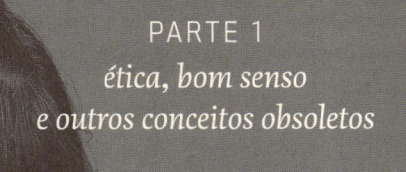

PARTE 1
*ética, bom senso
e outros conceitos obsoletos*

"Quem não odeia
ninguém
não tem coração."

―――

Craque Daniel

1. DOCE, DOCE INÉRCIA

"Se você quiser; se você se esforçar; se você treinar; se você entrar de cabeça; se você se concentrar: nada garante que você vai conseguir."

— *Craque Daniel*

O primeiro passo no caminho para a felicidade é aprender a lidar com um grande empecilho à sua realização: a ética, essa nefasta, instável e carcomida cartilha de conduta que foi criada com o único e exclusivo intuito de destruir a SUA felicidade especificamente, meu querido e obstinado leitor que coloca o próprio bem-estar acima de tudo e de todos.

Estamos acostumados à ideia de que a virtude conduz à felicidade, ou ainda de que o sucesso leva à felicidade, quando nenhuma dessas afirmações é verdadeira ou ao menos faz sentido. São pensamentos que deram origem a expressões falsas como "obrigação moral", "moralmente inaceitável", "sensatez", entre outros absurdos. Então sabemos que você, leitor, em sua busca alucinada pela felicidade, atormentado pela própria consciência, acaba encontrando dificuldades para se entregar às situações que o favorecem, evitando as que o incomodam. É como uma voz que soa como a nossa própria, mas na verdade é a voz da ética e a voz do outro, possivelmente seu pai, ecoando em sua cabeça. Ou possivelmente seja de fato seu pai, esquecido trancado na despensa — onde há meses se alimenta de fandangos —, gritando por socorro. Mas já que estamos aqui, vamos esquecer seu pai trancado na despensa mais um pouco: o fato é que esse conjunto de anomalias acaba criando a versão mais desprezível do seu próprio eu: o CARA LEGAL — que é, na realidade, um ser perseguido e atormentado pela culpa e que não vai descansar enquanto não destruir tudo o que o cerca com suas chamadas boas vibrações.

Este livro pretende demonstrar não apenas como livrar-se desse efeito colateral, mas como assumir as inclinações naturais ao comodismo e ao individualismo, fazendo com que o que resultava em culpa se transforme na mais pura felicidade, livre das amarras da ética, da culpa e até mesmo, ou principalmente, do bom senso.

TOQUE #1
"NÃO DEIXE O BOM SENSO TE DETER."

O bom senso só serve para provocar a sensação de frustração pelo passado, conflitos no presente e um perturbador incômodo em relação ao futuro, além de ser detonador de uma ansiedade infinita, pois a busca pelos seus fins o multiplica.

Os inimigos da felicidade, em sua cruzada pelo boicote ao bem-estar individual, tentam passar a mensagem de que para conquistar nosso direito à felicidade é necessário e imprescindível optar por um trajeto muito mais longo: o caminho difícil. Mas se desejamos a felicidade incondicional o mais rapidamente possível, por que então aceitaríamos, ou, ainda, colocaríamos obstáculos em nosso trajeto? Os conflitos do tipo "quero, mas não devo", "devo, mas não quero", "quero, mas não preciso", "preciso, mas não quero" são degenerativos para o bem-estar e conduzem a um caminho torturante.

Se formos racionais, chegaremos à conclusão de que somente um estilo de vida individualista, comodista e relativista poderá nos escoltar à tão desejada felicidade imediata. Só o completo abandono da sensatez pode nos levar naturalmente em direção aos desejos simples e alcançáveis, numa existência sem pudor e sem aspirações.

> Uma boa dica para explicar comportamentos inadequados é usar o recurso LONGA HISTÓRIA:
>
> — O que que significa essa tatuagem aí?
> — Longa história.

> — Tudo bem?
> — Longa história.
>
> — Gostou da minha peça?
> — Longa história.
>
> Ou MEU JEITINHO, que consiste em basicamente justificar como sendo seu jeitinho qualquer deslize ou atrocidade cometidos.
>
> — Você está oito meses atrasado.
> — Esse é o meu jeitinho.
>
> — Você deixou o gás ligado, sua avó está inconsciente.
> — Esse é o meu jeitinho.

A tentação do bom senso e da ética escraviza o ser humano de uma forma arrebatadora numa harmonia fictícia que camufla o fato de que a felicidade de um indivíduo é o resultado do infortúnio de muitos. Uma questão de matemática que abordaremos mais adiante. O caminho da felicidade inevitavelmente passa por uma desprogramação do bom senso no qual qualquer esforço da consciência pelo próprio bem-estar soará insignificante diante dos benefícios da ausência total de consciência.

2. A MENTIRA COMO VANTAGEM EVOLUTIVA DO SER HUMANO

– A vida é um jogo pra você, Cerginho? A vida é uma grande brincadeira?
– Eu tô brincando errado então, Daniel. Eu tô perdendo tudo.

Um dos artifícios mais eficazes para atingir a felicidade e a plenitude espiritual que o ser humano desenvolveu em milhões de anos de seleção natural foi a mentira.

"AO CONTRÁRIO DO QUE DIZ O DITO POPULAR, A MENTIRA NÃO TEM PERNA CURTA. ISSO É UMA MENTIRA. PARA VOCÊ VER O POTENCIAL DESTRUTIVO DESTA MANOBRA RETÓRICA, ELA NÃO POUPA NEM A SI MESMA."

Compartilhamos muitas características com nossos parentes primatas: o chimpanzé atingiu um nível de sofisticação inédito entre os animais irracionais ao apresentar comportamentos tipicamente humanos, como a utilização de ferramentas, a capacidade de fumar, jogar fezes em desafetos e usar bonés com uma hélice em cima (o bonecóptero).
    Especialistas em comunicação animal chegaram a afirmar que chimpanzés utilizam gestos para contar piadas preconceituosas sobre sogras e minorias étnicas uns aos outros, e há, inclusive, alguns biólogos que conseguiram detectar em certos indivíduos traços de sentimentos até então exclusivamente humanos, como o tédio, a vontade de empreender

e o ressentimento pelo técnico Sebastião Lazaroni. Porém, mesmo com os avanços inéditos e preocupantes por parte desta espécie tão vingativa, o ser humano ainda é o único animal com o intelecto desenvolvido o suficiente para mentir e poluir de maneira irreversível os vastos oceanos do nosso planeta.

O animal selvagem, assim como as crianças e o Marcelinho Carioca, diz apenas a verdade. Ele não tem maldade no coração, nem mesmo quando está praticando infanticídio com membros de seu bando ou devorando os órgãos de uma presa ainda agonizante na savana. Coube a nós, humanos, o importante papel de conquistar a natureza e erguer uma civilização fazendo uso da mentira como principal método de resolução e prevenção de conflitos.

> Peguemos o exemplo dele, o maior de todos: Jesus Cristo, uma espécie de Bob Marley judeu. Ele era uma pessoa extremamente do bem, super bem-intencionada, um coração maior que o mundo, mas que infelizmente não aguentou o peso do sucesso e acabou acreditando na ilusão de que realmente era um enviado de Deus para redimir os pecados da humanidade. Não cabe aqui julgar a atitude de Jesus, até mesmo porque ela já foi julgada e ele acabou condenado pelas autoridades competentes. Mas se não fosse pela capacidade de seus seguidores de mentir para ele, dizendo, por

> exemplo, "Uau, você transformou esta água em vinho mesmo, hein, que delícia", Jesus teria sido completamente desmoralizado junto aos fiéis, e nunca teríamos tido estes mais de dois mil anos de escravidão, miséria, genocídio, fraternidade e campanhas do agasalho que a Igreja nos proporcionou. Um caso parecido é o do youtuber Felipe Neto.

Tenho plena convicção de que é a nossa capacidade de mentir que vai nos salvar na guerra contra as máquinas que está vindo por aí. Quando um robô assassino do futuro chegar e te perguntar "Você é humano?", é só responder "Não, sou um robô", e ele vai acreditar, porque a máquina não tem essa malandragem, e vai ter que acabar se contentando em assassinar cruelmente um chimpanzé, que é mais bobo. Assim como macacos e crianças (menos as superdotadas), a máquina é muito ingênua. Um robô desse na Copa Libertadores, por exemplo, ia sofrer muito no estádio Defensores del Chaco.

Mas eu sei que neste momento você deve estar se perguntando, aos gritos, espantando pessoas ao seu redor no ponto de ônibus ou no pronto-socorro: "Mas e a máquina da verdade, utilizada em tantos programas de TV para revelar confissões de adultério e ocultação de cadáver? Ela é uma máquina que detecta quando um ser humano está mentindo!" Este é um equívoco muito comum, e para esclarecê-lo basta lembrar que, onde quer que ela apareça, seja no *Superpop*, numa operação da

Polícia Federal ou na casa do Eike Batista, a máquina da verdade é sempre operada por um ser humano de jaleco, que serve de amigo, adestrador e responsável legal por aquele aparelho tão complexo. A máquina da verdade é, portanto, um híbrido entre o robô e o ser humano: a lógica implacável do robô aliada ao intelecto humano para pensar quadros polêmicos na TV aberta. Só o tempo dirá se esse será o nosso fim.

TOQUE #2
"A MENTIRA É SEMPRE O MELHOR CAMINHO."

O ser humano passou séculos acreditando que o universo tinha uma lei física única que regia todos os corpos, desde os menores, como um grão de areia, até os muito grandes, como um ovo de avestruz, ou um grão de areia realmente gigante. E a nossa civilização, e até mesmo as civilizações que nós dizimamos, foi construída com essas bases. Atravessamos os oceanos, conquistamos terras inóspitas e disciplinamos nossos filhos a partir das leis de Newton sobre o movimento e a colisão entre objetos inanimados. Porém, recentemente, com as teorias de Einstein, a mecânica quântica e o lançamento do filme *Matrix*, a humanidade descobriu que existem partículas ainda menores do que um grão de areia e que tudo é relativo. Prestem bem atenção. Tudo. É. Relativo.

A próxima vez que for fazer uma tatuagem, esqueça a caveira flamejante, o rosto do seu filho, também flamejante, ou até mesmo o seu triângulo preferido, e tatue sem medo a frase "tudo é relativo". Pode ser em letras japonesas, caso você saiba ler japonês. E cabe aqui um protesto. Muita gente pensa que tatuagem é coisa de baderneiro. Coisa de gente drogada, envolvida com prostituição, heavy metal e sodomia. Mas os tempos mudaram, hoje não é mais assim. Hoje o tatuador, assim como o seu subgênero, o cozinheiro tatuado, já está plenamente integrado à sociedade, que o tolera sem o menor problema, raramente o acusando de satanismo e mutilação animal.

"MAS A LEGISLAÇÃO NO QUE TANGE À TATUAGEM AINDA É MUITO AMADORA NO BRASIL, MUITAS VEZES ONERANDO E IMPOSSIBILITANDO O GANHA-PÃO DESTE PROFISSIONAL QUE NÃO TEM ALTERNATIVA DE TRABALHO, POIS É TODO TATUADO."

Hoje o tatuador é obrigado a seguir tantas regras de higiene quanto um dentista ou um dono de pet shop, mesmo sua profissão sendo completamente irrelevante. Muitas vezes o profissional da arte tattoo está ganhando o dinheiro dele honestamente desenhando um minion fumando maconha na panturrilha de um adolescente e é surpreendido por um fiscal da vigilância sanitária perguntando onde está o alvará e dizendo que, segundo a lei, o alvará tem que ficar afixado num local visível na parede do estabelecimento.

A parede de um estúdio de tatuagem é conhecida por ter cada centímetro quadrado disputado por desenhos irados de índios, mulheres extrovertidas andando de moto, corações pegando fogo e o mascote Eddie, da banda britânica Iron

Maiden, trajando a camisa do Vasco da Gama. Portanto, não sobra muito espaço para um alvará da Prefeitura. E caso ele seja fixado, obedecendo à lei, ainda há o risco de um jovem desavisado, ou extremamente rebelde, entrar no estúdio, olhar as opções de desenhos na parede e acabar tatuando um alvará nas costas. Imagina o quanto esse rapaz não vai apanhar dos amigos?

Enfim, fica aqui o meu desabafo. E o meu convite para você tatuar a frase "tudo é relativo" em alguma parte do seu corpo ou do corpo de uma pessoa que você ama e com quem você se encontre frequentemente (afinal de contas, caso tatue no corpo de algum parente distante ou de um amigo que se encontre no outro extremo do espectro ideológico, não terá muitas chances de encontrá-lo e acabará esquecendo que "tudo é relativo"). E não se preocupe com alvarás, ou assepsia, ou até mesmo com a capacidade do profissional que fará a sua tattoo de parar de tremer. Lembre-se: a verdadeira arte está na rua, nos becos, nas delegacias de polícia sendo autuado por tatuar sem alvará. Olhe fundo nos olhos do seu tatuador, estabeleça uma conexão mística com ele da maneira que achar mais adequada, sempre tomando cuidado para não ser flagrado, e se entregue. Caso a tatuagem fique uma merda, ou infeccione, lembre-se: "Tudo é relativo."

Como podemos, portanto, estabelecer verdades e mentiras num mundo no qual tudo é relativo? A resposta é "não podemos". Mas, mesmo assim, a nossa sociedade condena a mentira como se ela fosse o pior dos pecados, quando na verdade o pior dos pecados todo mundo sabe que é você falar mal de comida. A verdade é que a mentira é um sacrifício desumano que o mentiroso faz, muitas vezes diante de pessoas hierarquicamente superiores a ele.

* * *

Muito se fala sobre o poder destrutivo que a mentira pode ter na vida da pessoa que sofre com acusações falsas e tem o CPF clonado, mas a verdadeira vítima, o verdadeiro mártir de nosso mundo maniqueísta, é o mentiroso. É o homem que, para poupar seus parentes, cônjuges ou o seu gerente

> "Um sonho que se sonha sozinho é muito melhor do que um monte de gente que não sabe sonhar direito sonhando errado perto de você."
> — Craque Daniel

do banco, inventa fatos alternativos àqueles que até hoje o ser humano insiste em chamar de realidade. A lógica estreita do homem moderno não o deixa enxergar que o mentiroso é um sonhador, um idealista, um poeta mambembe que, mesmo diante de provas empíricas irrefutáveis e documentos autenticados com a sua própria assinatura, continua erguendo a bandeira da fantasia e se recusa a dar o braço a torcer e a acreditar numa realidade tão feia e tão onerosa para o pequeno empresário.

Eu sei disso pois a minha própria vida é exclusivamente calcada nas mais diferentes e criativas mentiras. Se eu falar a verdade durante 15 segundos, seja em razão de insanidade temporária ou participação em algum quadro televisivo que oferece dinheiro caso a pessoa diga a verdade, o meu mundo desmorona como um castelo de cartas. Um castelo de cartas!

A minha vida está em frangalhos e só Deus e meus advogados sabem o quanto eu sofro todos os dias pensando nisso. O medo de ser pego, as mentiras que contradizem umas às outras e precisam ser rapidamente esclarecidas diante de questionamentos de terceiros, a confusão mental que se instala quando você não sabe mais diferenciar o mundo real de um mundo criado por você, no qual a sua empresa de marketing esportivo não foi alvo de uma CPI: tudo isso pesa em minhas costas quando eu acordo e pesa quando eu vou dormir. Durante o dia eu geralmente me esqueço desses problemas, então não pesa e fica tudo bem.

Todo dia nossas crianças são bombardeadas, felizmente apenas no sentido metafórico (por enquanto), com a ideia de que mentir é errado e de que há apenas uma versão da verdade. Toda a sabedoria popular e até mesmo a parte da Bíblia que não fala de pessoas sendo mutiladas são baseadas na ideia de que a mentira é moralmente errada, quando os fatos atestam justamente o contrário.

> Um exemplo: muita gente acredita que a lição do filme *O Mentiroso*, do finado ator lunático Jim Carrey, é "ame o seu filho" ou "não deixe que suas ambições profissionais te desvirtuem do caminho correto, que é o da verdade". Acreditam errado. A verdadeira lição de *O Mentiroso* é que, se por algum acaso o ser humano perde a capacidade de mentir, a vida dele fica muito mais complicada. É só você reparar que o Jim Carrey estava completamente exausto no final do filme, ao passo que, se o seu filho tivesse desejado algo mais convencional ao soprar suas velas de aniversário, algo como um boneco gigante do Homem de Ferro ou que o seu pai o amasse, que é o que as crianças geralmente pedem, o Jim Carrey poderia mentir em paz, venceria seus casos no tribunal com muito mais facilidade e teria até mais tempo para passar com o filho que ele não ama. E a maior prova de amor que um pai pode dar a um filho é passar tempo com ele, mesmo não o amando. Espero que o meu ponto tenha ficado claro.

Uma dica boa para você, que, como eu, pretende enveredar por este caminho extremamente corajoso da falsidade e da fraude biográfica, é organizar todas as suas mentiras em uma planilha on-line. Com ela, você pode cruzar dados e não correr o risco de acabar se confundindo e contando uma mentira errada para alguém importante ou, em casos mais graves, acabar até mesmo tendo que apelar para a verdade. Já aconteceu comigo!

TOQUE #3
"A MENTIRA É PARTE ESSENCIAL DA FELICIDADE E DEVE SER EXERCIDA SEMPRE QUE VOCÊ JULGAR ESTRITAMENTE NECESSÁRIO OU MENOS TRABALHOSO."

Mas há ainda uma velha armadilha a ser superada: o conceito fantasioso de recompensa e castigo e sua confusa relação com dor e prazer, que atuam muito mais no mundo da imaginação do que em qualquer outra instância. Não é necessária muita reflexão para concluir que nem o mal é castigado e tampouco o bem é recompensado.

Da necessidade de encontrar conforto em situações adversas surgem crenças como as de que "o sofrimento aperfeiçoa o caráter", numa tentativa de passar a ideia de que "é preciso sofrer para vencer", ou, ainda, de que é preciso aperfeiçoar o caráter. As mais variadas adversidades sociais, físicas ou intelectuais são apresentadas como virtudes nas tóxicas "lições de vida", provocando uma estranha sensação naqueles que não foram abençoados por uma triste história de vida a ser heroicamente superada.

Esse tumor ideológico está localizado justamente na admiração de heróis e mártires e na consequente capitalização e espetacularização desse vício, uma mentalidade que possibilita o surgimento de anomalias como os shows de calouros, os dançarinos mirins e o futebol sub-17, ou seja: a obsessiva glorificação da adversidade, nesses casos imposta pelo constrangedor amadorismo extremo. O herói/mártir atrai um misto de admiração e piedade misturadas e confundidas tal qual um Toddy com a validade vencida, mas ainda assim, ou justamente por isso, interpreta o papel preferido de muitos indivíduos sem a menor vocação para o bem-estar.

O herói/guerreiro também é a figura de um condenado, seja por abrir mão de seus próprios interesses na luta pelo objetivo alheio, seja por perseguir bravamente suas metas pessoais, tomando dessa forma o caminho oposto ao da felicidade. Nessas fábulas, Daniel San, Rocky Balboa e Jaspion têm necessariamente que apanhar, ser humilhados e ter seus entes queridos torturados durante quase toda a história, para só nos cinco minutos finais usarem seus únicos golpes eficientes e saírem glorificados, ainda com tempo para a descoberta da verdadeira amizade em meio a uma pancadaria generalizada.

"E, NO CASO DO JASPION, AINDA TERÁ QUE RECONSTRUIR TÓQUIO, JÁ QUE O MONSTRO GIGANTE E O PRÓPRIO ROBÔ GIGANTE DO JASPION PISOTEARAM ORFANATOS E HOSPITAIS DURANTE A LUTA."

Nessas lendas, a glória imediata, que deveria ser muito mais fascinante, curiosamente não entretém. Por quê? A resposta é muito simples: porque nossa sociedade doente está em constante fascínio com a dificuldade, com o mal-estar. E também porque o filme teria dezoito segundos, menor até que os stories da Anitta, que não por acaso foram editados em formato de série na Netflix.

> O discurso de atletas vitoriosos, ensebados de suor e com seus troféus encharcados de bebidas destiladas é invariavelmente o de que "sofremos para estar aqui", "não acreditavam na gente", "o filho não é meu" etc. Infelizmente não se veem reações do tipo "venci porque sou capaz, sou melhor, eu avisei que ia vencer porque eu já sabia que era melhor" ou ao menos um "vocês vão ter que me engolir", do Zagallo, um dos melhores exemplos de um tipo de celebração muito específica, que é reagir ao triunfo com mágoa e desgosto, o que também tem sua beleza.

Compreendido tudo isso, segue-se em direção a uma sensação de liberdade indescritível, sem o peso esmagador do bom senso sobre os ombros.

TOQUE #4
"A ÚNICA FUNÇÃO DA SUA CONSCIÊNCIA É TE ARRUINAR."

3. TUDO É ADIÁVEL (MENOS A FELICIDADE)

"O tempo cura toda dor. Depois você só fica sonhando com essa dor todos os dias pelo resto da sua vida, mas o tempo cura toda dor."

— *Craque Daniel*

A felicidade por definição só é possível de existir se for a partir de agora, ou será adiada para sempre. Não há por que sair da "zona de conforto" em nome de sonhos que se desmancham no ar. Parece óbvio, mas muitos não desejam enxergar que essa zona é a terra prometida onde está a felicidade. A repetição por aí de máximas que dizem que a zona de conforto deve ser abandonada só comprova que querem que você se afaste dela porque ela te faz bem. Afinal, quando você segue num caminho e tudo indica que ele está errado, é porque ele é o seu caminho. E, além do mais, se zona de conforto fosse ruim não teria esse nome.

MORTE DA CONSCIÊNCIA > INDIVIDUALISMO E COMODISMO > FELICIDADE

A renúncia às utopias do desenvolvimento do caráter, da evolução interior e da organização de uma sociedade que proporcione o bem-estar coletivo nos liberta do sonho absurdo fundamentado em nosso otimismo trágico. Seus fins nunca serão alcançados para que possam ser desfrutados, pois esses fins, uma vez atingidos, deixam imediatamente de existir como fins, adquirindo um caráter de novos começos, e os objetivos deixam de ser vontades ou desejos para se tornarem necessidades. Uma compulsão que afunda o indivíduo numa areia movediça de metas e planos sem que ele perceba, ou pior: levando-o a crer que essa servidão é fruto de sua vontade e seu controle.

A única revolução válida é a interior, mas com um cunho de renúncia, não de desenvolvimento. O indivíduo é o limite. O mundo tem que ser desfrutado. A sociedade, desprezada. E todos os três, aceitos.

Ilusões que inviabilizam a felicidade em seu estado pleno

As tentações morais são inúmeras e podem surgir a todo momento e em diversas situações, podendo desviar até mesmo o ser humano mais frio e determinado em seu individualismo. Para superarmos esses obstáculos, devemos saber que se trata de lendas com falsas promessas de felicidade. A nefasta propaganda da moral chega ao absurdo de quase sempre condicionar virtude à felicidade e ao triunfo. Três conceitos que costumam ser vendidos num mesmo pacote, mas que na verdade anulam-se mutuamente e caminham em direções opostas, pois para triunfar no mundo é necessário habilidade e falta de escrúpulo, o sucesso é parte entorpecente de um ciclo de necessidade e ansiedade, e bem-estar e retidão de caráter nem podem coexistir numa mesma alma. Compor uma lista dessas tentadoras falsas promessas de felicidade pode diminuir as chances de sermos seduzidos e acabarmos presos nessa rede de sofrimento.

RELIGIÃO
CARIDADE
TRABALHO
INICIATIVA
AMIZADE
GENEROSIDADE
ESCRÚPULO
HONRA
COMPROMISSO
VERDADE
VIDEOCASSETADAS
SONHOS

HONESTIDADE
RESPEITO
DIGNIDADE
CIDADANIA
ESPERANÇA
OTIMISMO
MAIONESE CASEIRA
METAS
PERDÃO
HUMILDADE
PERSISTÊNCIA
FRATERNIDADE
PRUDÊNCIA
JUSTIÇA

No decorrer deste livro abordaremos algumas dessas falsas promessas em maior detalhe. Só compreendendo isso trilharemos o caminho construído sobre uma consciência demolida, e uma nova pessoa, surda e cega a tudo o que não é de seu interesse, florescerá.

A estrela de cinco pontas da felicidade

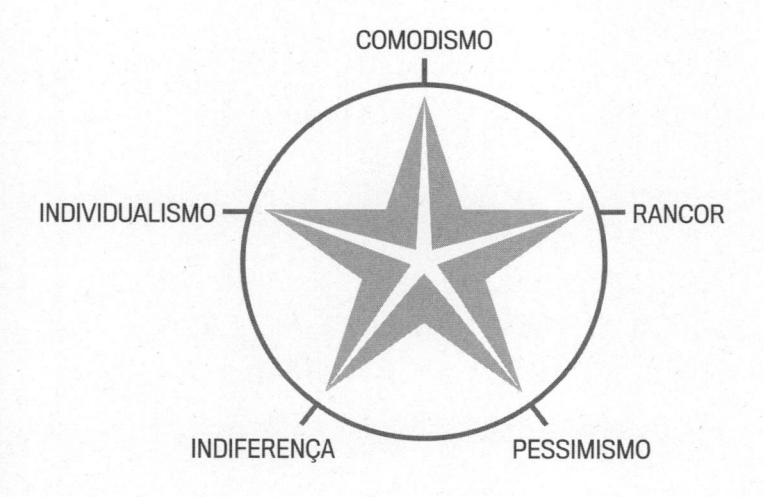

COMODISMO
INDIVIDUALISMO
RANCOR
INDIFERENÇA
PESSIMISMO

A única felicidade possível é a individual. A essa altura, seria até possível parar por aqui, mas já não é mais possível voltar atrás.

EXERCÍCIOS

Ao final de alguns capítulos, serão sugeridos exercícios para livrar a sua mente dos vícios da infelicidade e educá-la a seguir o caminho do bem-estar. Pratique a repetição dessas frases em voz alta diante do espelho sempre que se levantar de manhã. Caso um dia você não consiga se levantar mais, vítima de uma paralisia de origem nervosa que impeça que você inclusive grite por socorro, o exercício poderá ser deixado para um outro momento. Vamos a elas:

"ESCRÚPULO É UM VÍCIO RELATIVO E OBSOLETO."

"O TRABALHO COMO UM FATOR DIRETAMENTE PROPORCIONAL AO SUCESSO E O SUCESSO À FELICIDADE SÃO MITOS QUE NÃO PODEM MAIS ME ILUDIR."

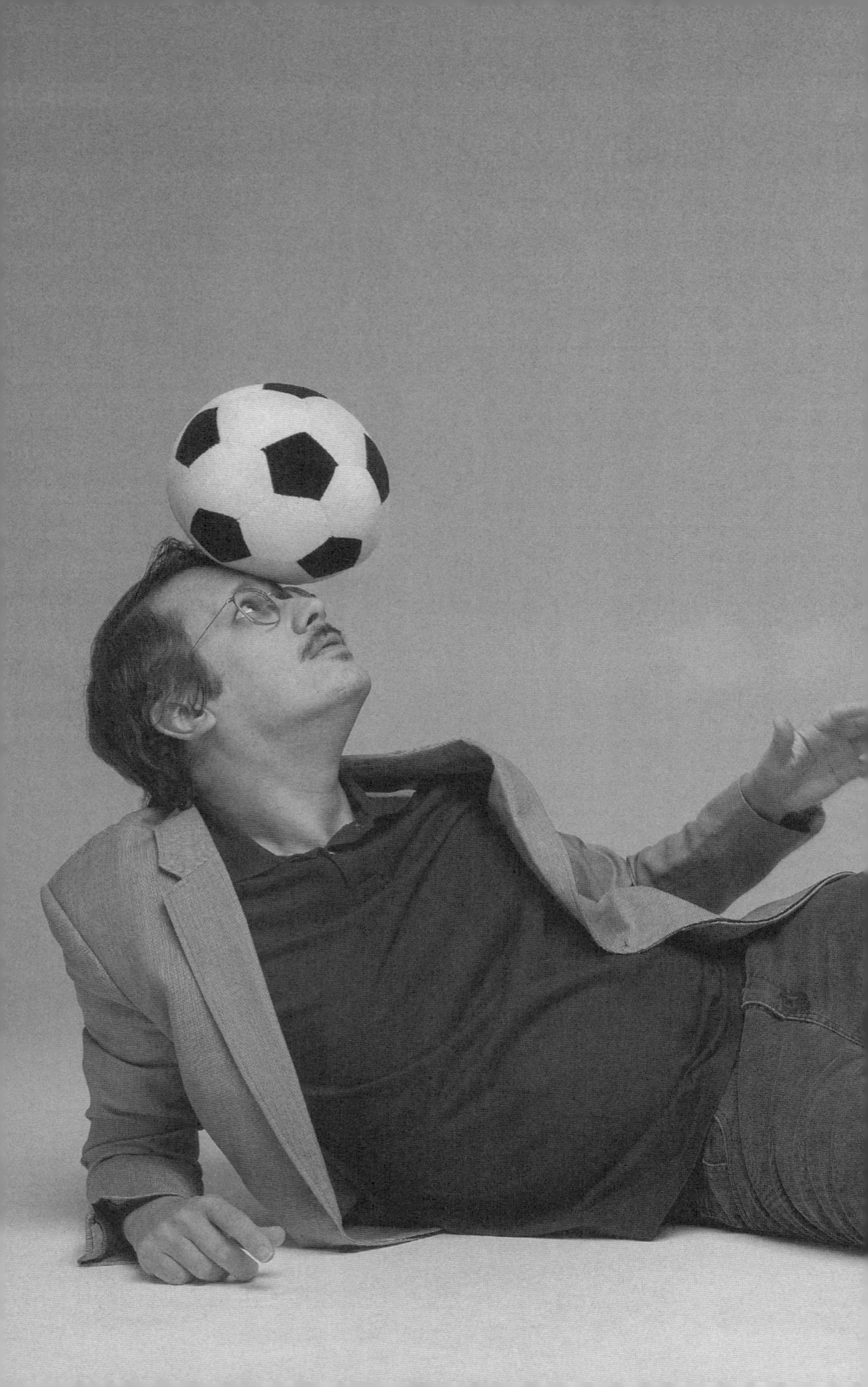

PARTE 2
comodismo

"'Eu topei o desafio'
é a frase que sempre
precede as piores decisões
da humanidade."

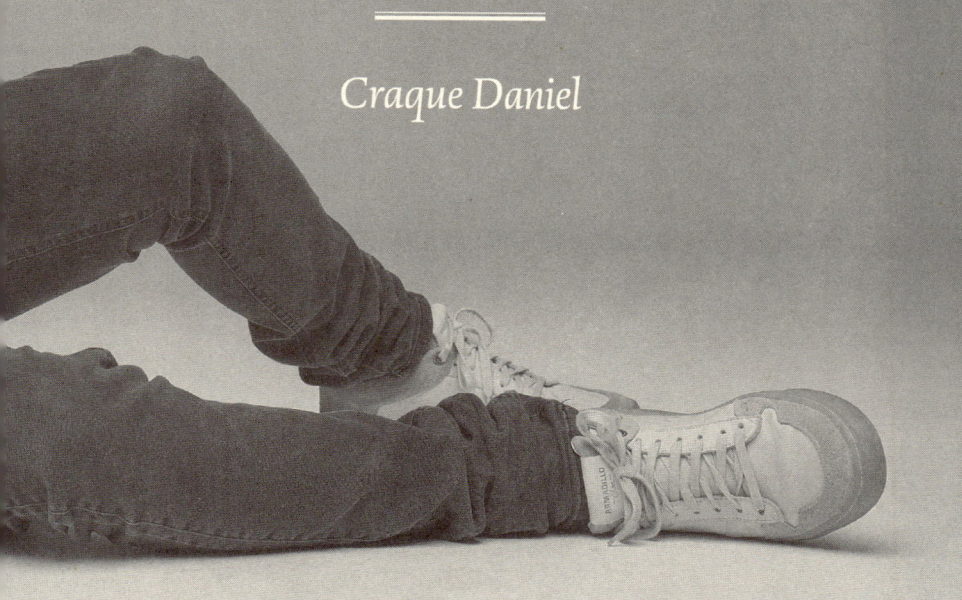

———

Craque Daniel

4. CONFORMANDO-SE COM O MUNDO

"A esperança é o sentimento mais nocivo que existe, porque te mantém sofrendo por algo que você nunca vai conseguir."

— *Craque Daniel*

Na época do Pelé, o Santos foi jogar num país africano em guerra, e reza a lenda que a guerra parou para ver o Pelé e a beleza do seu futebol inspirador. E, depois que ele foi embora, a guerra prosseguiu normalmente.

    Ser feliz só é possível resignando-se ao mundo assim como ele é, sem tentar emprestar-lhe um sentido. E se não o fizermos só estaremos contribuindo para a sua e para a nossa derrocada, sobretudo devido ao incômodo que nos causa a nossa revolta, tão incompatível com o almejado conforto. A revolta é uma tentativa de organizar o mundo de uma forma ideal, diante da improbabilidade de que os eventos caminhem natural e satisfatoriamente nesse sentido, ainda que o conceito de "ideal" possa variar infinitamente. O indivíduo então se lança numa missão desagradável de revolta e de conflito com o mundo como um mal necessário à obtenção de justiça e consequente felicidade. Embora poética, essa linha de raciocínio só alimenta mal-estar e não oferece recompensas interessantes.

É preciso desviar não só da revolta, mas das espiritualidades que impossibilitam a felicidade em seu empenho em explicar o que não pode ser explicado, gerando angústia, repetição de esforços inúteis e adiando o bem-estar para um outro mundo invisível, enquanto os eventos terrenos e suas imperfeições são justificados de forma fantástica, com uma suposta supervisão delegada a entidades espirituais.

Conformar-se com o mundo é diferente de conformar-se com a insatisfação, o que originaria um comportamento ranzinza, um rebelde conformado como publicitários sentados em suas Harleys vestidos com suas camisas de banda que já vêm envelhecidas de fábrica, igualmente insatisfeitos e infelizes.

> COMODISMO
> Aceitação do mundo injusto e injustificável, e do fato de que apenas num mundo assim é possível ser feliz. Aceitação da felicidade injusta como a única possível.

A felicidade é um sentimento que depende da infelicidade do próximo, sendo, portanto, um bem quantitativo. Nem todos podem ser felizes, já que não haveria infelizes para garantir essa felicidade; em outras palavras podemos dizer que há uma quantidade disponível de felicidade no mundo insuficiente para satisfazer a todos. Em outras palavras ainda, o mundo é um grande aniversário dos Supermercados Guanabara, onde assim que as portas da oportunidade se abrem, consumidores correm e se pisoteiam numa corrida mortal por produtos em promoção. É primordial que quem quer ser feliz seja feliz o mais rápido possível, antes que a felicidade disponível acabe.

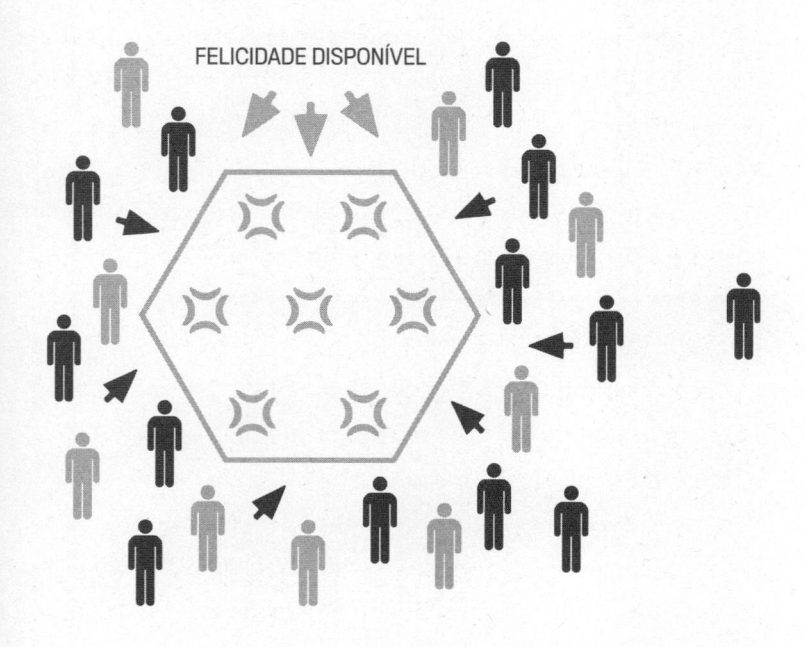

FELICIDADE DISPONÍVEL

TOQUE #5
"SE VOCÊ NÃO FOR FELIZ AGORA, ALGUÉM VAI ACABAR SENDO FELIZ COM A SUA FELICIDADE POR AÍ."

5. VÃO TENTAR TE OBRIGAR A VIVER INTENSAMENTE

"O pensamento positivo não tem nenhuma utilidade. Não tem o menor poder, a menor influência sobre a realidade."

— *Craque Daniel*

Há cerca de quatro bilhões de anos — quando o planeta Terra, ainda em sua puberdade, era apenas um amontoado disforme de gases confusos que acreditava ser o centro do universo, antes de ser avisado por Copérnico de que na verdade não era e se resumir, constrangido, à sua insignificância cósmica, passando a rodar ininterruptamente em torno do sol, como uma enorme mariposa, ou o Evandro Mesquita —, um raio caiu numa poça fétida de aminoácidos que jazia ali.

Jazia tranquila por saber que seu inimigo natural, o rodo, ainda não seria inventado por muitos milênios por pedintes mesopotâmicos, que por sua vez não tinham como usá-lo, pois o automóvel, e consequentemente o sinal de trânsito, também ainda era apenas um devaneio febril dos oráculos (que também tinham dificuldade em ganhar a vida, pois o idiota rico disposto a acreditar em qualquer coisa que validasse sua visão de mundo rasa e supersticiosa em troca de dinheiro também era muito raro na época. Enfim, a antiguidade foi um período de muita frustração. Talvez até por isso as pessoas matassem tanto umas às outras).

Raios, como os meteorologistas e os entes queridos de banhistas azarados sabem muito bem, são fenômenos bastante comuns em nosso planeta, resultado tanto do choque entre cristais de gelo no interior de uma nuvem, criando partículas positivas e negativas na atmosfera, quanto da ira de Deus sobre hereges e adúlteros.

Afinal, o que este raio em questão tinha de tão especial? Quis o acaso que todas as circunstâncias necessárias para a formação da vida estivessem reunidas naquele lodo repugnante e asqueroso (mas, ironicamente, livre de bactérias), e que faltasse apenas uma descarga de eletricidade para fazer os primeiros organismos unicelulares pegarem no tranco, como numa grande chupeta de automóvel, só que diferente.

Desde então a vida cresceu, se diversificou e ocupou todos os cantos do nosso planeta, do alce mais solitário no ponto mais inóspito da tundra ártica à aranha mais venenosa parada no interruptor do seu abajur, pronta para te picar quando você largar este livro e for apagar a luz para dormir. A fauna, resumindo, tornou-se plural e maravilhosa, ainda que a evolução das espécies não tenha sido livre de percalços. E caso não tenha ficado claro, eu estou me referindo às girafas.

E neste grande dois ou um universal coube a nós, por termos chegado por último, a tarefa estúpida e sem sentido de sermos os animais racionais e termos que construir pontes, tentar entender logaritmos e desenvolver formatos de novos reality shows para a TV fechada, enquanto os outros primatas, como já foi dito aqui, exercem sua liberdade natural para se masturbarem ao ar livre e fumarem despreocupados, nos fazendo morrer de inveja. Está cada vez mais difícil fumar tranquilamente.

Como se isso não bastasse, por sermos os únicos animais dotados de consciência (e não me venham falar do golfinho ou do border collie!), nós sabemos que um dia vamos todos morrer. Até hoje eu não me conformo com este papel de idiota que somos obrigados a desempenhar na fauna do planeta Terra. É por isso que, sempre que vejo um passarinho feliz, cantando e defecando alegremente por não saber que um dia, muito em breve, ele terá sua vidinha tranquila arrancada de seu peito por um Deus cruel e sádico, eu fico realmente muito chateado. Quando isso acontece, eu geralmente me aproximo dele bem devagarinho e sussurro em seu ouvido: "Você vai morrer." Tendo compartilhado com uma criatura muito mais burra do que eu o peso existencial da consciência, vou embora tranquilo, deixando o passarinho deprimido e cantando num tom notadamente mais baixo do que antes.

Não podemos ignorar que realmente todos vamos morrer, até mesmo você. Até mesmo eu! Sua morte pode vir hoje, amanhã ou daqui a cem anos (improvável). Pode ser de infarto, atropelamento ou com um javali caindo em sua cabeça do alto de um prédio de trinta andares (neste caso o javali provavelmente também vai morrer, mas, devido às circunstâncias pouco ortodoxas do acontecido, podemos cogitar com bastante precisão a hipótese de suicídio por parte do animal).

"VOCÊ PODE INCLUSIVE ESTAR MORRENDO NESTE EXATO MOMENTO."

Neste caso, vá em direção à luz, pois se a novela *A Viagem* for tão cientificamente rigorosa quanto eu confio que ela seja, você será recebido do outro lado de braços abertos pela Mylla Christie em uma espécie de spa-fazenda, onde poderá frequentar cursos de cromoterapia e acariciar coelhos, que provavelmente também já morreram, até reencarnar como um lavrador no interior da China e morrer em um deslizamento de terra, dando continuidade ao interminável ciclo de sofrimento da vida.

Todo vazio interior termina em triatlo

Por maiores que forem as nossas conquistas neste plano espiritual, sejam elas financeiras ou, caso sua vida não tenha saído exatamente do jeito que você planejou, puramente afetivas, a compreensão de que no fim iremos todos para debaixo da terra (ou no máximo seremos disparados por um canhão, se realmente quisermos dar trabalho aos nossos familiares — o que é sempre uma boa opção no caso de, no leito de morte, fruto da morfina ou do desejo de vingança, você ter percebido que seus parentes têm um débito emocional gigantesco contigo, e não pretender deixá-lo prescrever) necessariamente exige uma reflexão bastante profunda sobre a nossa missão aqui na Terra e sobre como devemos aproveitar este tempo tão precioso. Mas é aí que mora o perigo, uma arapuca, muitas vezes fatal para a sua felicidade, chamada gratidão.

Enxergar a vida como uma bênção, um milagre termodinâmico que temos que paparicar com todo o zelo, uma laranja metafísica cujo bagaço temos que espremer com todas as nossas forças como um marinheiro à deriva sofrendo de escorbuto, é um atalho bastante eficiente para a decepção e o piercing, que é a decepção dos seus pais, que não têm nada a ver com a história.

"TODOS SOFREMOS DE UMA DOENÇA TERMINAL E INCURÁVEL CHAMADA VIDA."

Entretanto, nem por isso devemos sair por aí com uma lista de desejos diversos a serem realizados em detrimento de nossas obrigações profissionais e recreativas. É muito comum testemunharmos pessoas próximas de nós, após sobreviverem a alguma experiência potencialmente fatal, como a dengue hemorrágica ou um acidente de carro que a polícia investiga como provável sabotagem e do qual você, ex-sócio da vítima numa empresa de agenciamento de atletas sub-17, é o principal suspeito, tomarem a decisão de "valorizarem mais a vida". De repente, a pessoa que até ontem compartilhava do seu apreço pelo ócio e do seu distanciamento afetivo passa a encarar todos os seus dias como uma grande aventura, um grande comercial de Hollywood, um dos cigarros mais radicais que já existiram, principalmente em sua versão mentolada.

A partir daí é apenas questão de tempo para o paraquedismo se tornar uma constante na vida da pessoa, assim como o restabelecimento de laços familiares há anos cortados, uma conquista que vinha sendo plenamente satisfatória para todos os envolvidos. Nessa situação, quem sofre, como sempre, somos nós, os amigos, que passamos a ser surpreendidos por telefonemas sinceros nos momentos mais inoportunos, nos quais a pessoa, aos prantos e possivelmente recém-saída de um banho ou de uma sessão de terapia, se desculpa e assume para você todos os erros do passado, curiosamente menos aqueles que acarretariam em multa e/ou inquérito policial. E para piorar, muitos que já viram amigos nesta situação lamentável acabam posteriormente cometendo um erro igual, mesmo após testemunharem o processo gradual e irreversível que se desenrola na mente perturbada de alguém que acha que a vida é como um cachorro (ou sobrinho) mimado que exige a todo momento o máximo da sua dedicação.

TOQUE #6
"A VIDA NÃO É COMO UM CACHORRO (OU SOBRINHO) MIMADO QUE EXIGE A TODO MOMENTO O MÁXIMO DA SUA DEDICAÇÃO."

Aos poucos um salto de paraquedas ou uma renovação de votos de casamento numa praia de difícil acesso já não são o suficiente, e de súbito a agenda da pessoa se preenche com uma sucessão interminável de todo tipo de celebrações à vida, uma mais insuportável que a outra. Por mais radical que um esporte seja ou por mais místico e subdesenvolvido que seja o país onde ela escolheu passar as suas férias, estas experiências passam a não ser suficientes para satisfazer a ânsia do indivíduo pela vida, e ele parte em busca de emoções cada vez maiores, até terminar invariavelmente no triatlo.

Viciados na vida: não entre nessa roubada

O que começou com o medo da morte, uma tentativa legítima de fugir das mãos frias que nos puxam para a escuridão, acabou por se tornar uma compulsão: a pessoa se torna viciada na vida. Mas o que ela não entende, e o que eu quero que você, leitor que está prestes a morrer, entenda é que a vida não é um buffet, onde você, tomado pelo sentimento sempre nobre da avareza, tenta desesperadamente fazer valer o valor desembolsado comendo tudo o que nunca comeria e, ao voltar para a sua mesa, olha para o prato e finalmente vê a quimera horrenda que sua ambição construiu: uma massa desconexa de sabores e texturas unidos apenas pelo glutamato monossódico e pelo queijo derretido que invade os perímetros invisíveis de cada microcosmo gastronômico que você tentou sem sucesso construir em seu delírio. Diante dos olhares de repulsa dos demais presentes na mesa, que você na verdade nem conhece, pois, cego pelo desejo enérgico de causar prejuízo ao dono do restaurante, acabou sentando na mesa errada, você não vê alternativa a não ser engolir o seu orgulho, juntamente com um pedaço de melão encharcado de molho de tomate, e comer tudo até o fim.

TOQUE #7
"A VIDA NÃO É UM BUFFET ONDE VOCÊ TENTA COMER TUDO O QUE PODE MOVIDO PELA AVAREZA E PELO DESEJO DE CAUSAR PREJUÍZO AO DONO DO RESTAURANTE."

Não estou negando que a vida seja algo frágil e delicado. A prova disso é que o ser humano é constantemente assassinado por animais inúmeras vezes menos desenvolvidos e bem-sucedidos profissionalmente do que ele, como a bactéria ou o rottweiler.

A bactéria da gonorreia, inclusive, é praticamente indestrutível, podendo sobreviver dentro de vulcões, icebergs e até mesmo de um reator nuclear durante meses e mesmo assim manter seu potencial de destruir casamentos e casos extraconjugais. Como uma bactéria da gonorreia vai parar dentro de um vulcão já é uma informação que está fora da minha alçada. Talvez um geólogo extremamente sexualizado (e promíscuo) tenha dado vazão a seus desejos carnais mais inconfessáveis com um vulcão, sem preservativo.* Nada mais natural, uma vez que o vulcão, se você for parar para pensar, é a estrutura tectônica mais sensual que existe, uma metáfora fálica pouco discreta sem a menor

---

* Use preservativo quando for transar com seres humanos ou estruturas geológicas.

vergonha de jorrar o seu sêmen flamejante em comunidades tecnologicamente atrasadas e corajosas o suficiente para morarem perto de um vulcão, talvez na tentativa de engravidar um ser humano e dar origem a um super-herói meio homem, meio vulcão.

> Não nos cabe aqui tecer ilações, mas, já que o assunto foi tangenciado, vale a pena destacar que, caso um ser humano adquirisse um poder proporcional ao da gonorreia, ao ser mordido por uma gonorreia radioativa, por exemplo, aí sim, sem dúvida, ele se transformaria num super-herói. Provavelmente um super-herói pouco popular entre as crianças, mas mesmo assim um super-herói. Ainda que o rosto da pessoa não esteja estampado em lancheiras e ioiôs, e ainda que a ardência ao urinar seja a sua kriptonita, ela pode ser tecnicamente considerada um super-herói, até onde eu sei.

Mas infelizmente não somos invulneráveis a antibióticos como a gonorreia; precisamos admitir esta realidade, por mais que nos doa, como uma gonorreia.

"O SER HUMANO É FRÁGIL E A VIDA PASSA NUM PISCAR DE OLHOS, PRINCIPALMENTE SE VOCÊ PISCAR OS OLHOS BEM DEVAGAR."

Um dia você é uma criança imatura que comete erros banais e precisa ser constantemente socorrida por terceiros e, quando vê, já é um adulto imaturo que comete erros banais e precisa constantemente ser socorrido por terceiros. E sofre de escoliose. De repente você começa a almoçar cada vez mais cedo para sobrar mais tempo para implicar com algum parente ou eletrodoméstico da sua casa. A partir daí é só esperar pela doce e aconchegante libertação trazida pela MORTE.

E é na hora da morte que a crença em algo maior, que vá além deste plano astral, pode fazer toda a diferença entre a paz e o desespero absoluto: caso você acredite que há algo além, entrará em desespero absoluto, mas caso tenha certeza de que esta insensatez toda termina por aqui, poderá deixar a escuridão te abraçar e morrer tranquilo sem se preocupar em como a sua paciência será testada pelo resto da eternidade.

Há sempre muitas razões para ir embora

É justamente porque a vida passa tão depressa que não podemos dedicar nosso tempo a atividades cujo único intuito seja provar para nós mesmos que estamos aproveitando a vida. Quando você desconfiar de que está vivendo apenas um pastiche malfeito de uma experiência única e enriquecedora, como em um comercial de LM Lights, um cigarro muito menos radical que o Hollywood (até mesmo em sua versão mentolada), pare, reflita e vá fazer algo mais útil.

Exemplo: na vigésima repetição do *na-nana-nananana-nananana-hey Jude*, dê meia-volta e retire-se do estádio, largue o Paul McCartney cantando sozinho. Posso te dar três razões simples para tomar esta decisão executiva de ir embora (e deixar seu cônjuge lá):

> Razão para ir embora número 1:
> Este momento não é especial, o Paul McCartney só quer te fazer acreditar que é. Ele toca "Hey Jude" em todo show, e, mesmo que tocasse apenas nesse, você teria que compartilhar a experiência com mais 100 mil pessoas de meia-idade como você, o que pode ser frustrante e pouco higiênico (já tocamos, devidamente protegidos, no assunto da gonorreia aqui). Para um momento poder ser especial ele tem que conter algo de único, algo só seu, como uma viagem a Paris ou uma selfie com um famoso no aeroporto.
>
> Razão para ir embora número 2:
> Você já sabe como a música termina: ele fica cantando *nananana* até cansar, o que, levando em conta a sua idade avançada e décadas de tabagismo, pode demorar muito mais do que você imagina (ou suporta). Não é como se no meio do *nanananana* ele surpreendesse a todos e começasse a tocar um cover de "Orgasmatron".

> Razão para ir embora número 3:
> Fica mais fácil de sair com o carro do estacionamento e ir embora tranquilo para casa, tendo conseguido evitar os apelos e as pedradas dos flanelinhas, que, pegos de surpresa, não conseguiram fazer valer o contrato verbal que haviam estabelecido com você através de uma ameaça à integridade física do seu automóvel. Isso sim é um momento especial, que poderá ser lembrado com orgulho em seu leito de morte.

A vida passa muito rápido, e se você gastar seu tempo tentando aproveitá-la, vai perder ótimas oportunidades para ser feliz, pois, assim como todo mundo, você não faz a menor ideia do que seria aproveitar a vida e acaba refém de escolhas bastante questionáveis do ponto de vista estético ou moral quando tenta descobrir por conta própria.

A vida não é uma gincana, pois além de não ser medida pela quantidade de peripécias que conseguimos realizar no menor tempo possível, no final não ganhamos uma viagem para a Disney, mas simplesmente morremos. E o reino do além, pelo menos até a data em que este livro foi impresso, ainda não havia sido adquirido pela Disney.

A ideia de que existe uma equação que vai ser balanceada no momento de nossa morte, quando, diante de São Pedro ou alguma outra figura gozando de alto prestígio na hierarquia eclesiástica, seremos obrigados a assistir a um grande compacto com os melhores e piores momentos de nossos anos no planeta Terra narrados pelo Januário de Oliveira* e comentá-lo, como em um extra do DVD de nossas vidas, é muito comum na civilização judaico-cristã. Por isso a sensação de que cada momento de tédio, procrastinação e preguiça, cada momento parado diante da geladeira vazia, é um momento perdido, que torna as nossas vidas menores, quando na verdade é justamente nesses momentos, e somente neles, que domamos o nosso medo da morte e colocamos o nosso bem-estar acima de tudo.

E digo mais: com o colapso iminente do nosso modo de produção em virtude de desastres ambientais causados pela ação humana, que tornarão a manutenção do atual meio de vida na Terra insustentável e darão início a guerras atômicas que dizimarão grande parte da população mundial, provavelmente haverá muitas oportunidades para você se dedicar a atividades frenéticas e perigosas no futuro. Atividades muito mais radicais do que o windsurfe, como fugir de uma gangue de crianças ferais que está correndo atrás de você segurando adagas feitas de fêmures humanos tentando roubar o latão de urina que você usa para cozinhar mandiocas radioativas ou lutar com cachorros numa arena esportiva em troca de gasolina para o seu jet ski. Ainda

---

* Isso no caso do céu. No caso de uma vida indigna e dedicada ao pecado, a pessoa irá para o inferno, onde o compacto da vida dela será narrado pelo Tadeu Schmidt, que fará diversas pausas para tecer comentários sobre os seus cortes de cabelo e tentar emplacar bordões.

mais levando em conta que você será idoso ou terá algum membro amputado. *Carpe diem.*

* * *

Para provar que meu argumento é correto e o seu, qualquer que seja, é equivocado, eu te faço um desafio: me mostre um triatleta feliz, que não carregue pelo mundo o semblante pesado e taciturno de quem, por mais que tenha aprendido muita coisa sobre amizade e disciplina durante as competições, e adquirido uma capacidade cardiorrespiratória invejável, tem que acordar amanhã às quatro da manhã, calçar um tênis totalmente ridículo, chupar uma gosma isotônica horrível sabor maracujá para repor os sais minerais que perderá intencionalmente e torcer para conseguir manter o controle sobre suas funções gastrointestinais enquanto submete o corpo a um esforço que evolutivamente ele não está preparado para exercer, e eu retiro tudo o que eu disse e como a Bíblia. Não sei por quê, mas aparentemente é assim que as coisas funcionam atualmente: caso o argumento da pessoa seja legitimamente contestado por alguém, ela é obrigada a comer a Bíblia diante de testemunhas (incluindo o Velho Testamento, salmos, provérbios e, no caso de algumas denominações neopentecostais, alguns livros apócrifos).

"O FATO É QUE É FISIOLOGICAMENTE
IMPOSSÍVEL SER FELIZ SUADO."

E, sim, eu sei exatamente no que você está pensando para me retrucar e ainda assim eu mantenho a minha posição: mesmo numa sauna, é impossível ser feliz suado. O segredo da felicidade plena e imperturbável alcançada apenas pelos grandes sábios, como Buda ou Jorge Ben Jor, é perceber que não se trata da *presença* de algo, como realização pessoal, amor, um filho que todos os dias olha para você e fala "papai, eu te amo" pelo Skype, um chuveiro a gás bem regulado ou a nossa própria saúde e a de nossos entes queridos, mas da *ausência* de todas as outras coisas que o ser humano é obrigado a arrastar pela vida até o lamentável fim.

Esse tipo de felicidade cósmica e preciosa só vem quando, deitado num sofá depois do almoço, a louça e o mal-estar existencial pingando esquecidos na cozinha, tocado por uma leve brisa vinda da janela para lamber o seu corpo seminu, o ser humano de repente se lembra de todas as obrigações profissionais e afetivas que ele está conscientemente negligenciando e de como não há ninguém no mundo, em meio a oito bilhões de almas, disposto a azucriná-lo. Esse pequeno drops de eternidade, essa gota de infinito que rola preguiçosa pelo nada e que a menor vibração conseguiria destruir para sempre, é todo seu, e não há e-mail ou audiência de conciliação no mundo que poderá te atrapalhar pelos próximos segundos.

Alguém que acha que vai conseguir atingir este nível de iluminação etérea numa asa-delta sendo parcialmente sodomizado por um instrutor de meia-idade não pode ser levado muito a sério. Se possível, deve ser internado pelos familiares em uma casa de repouso o quanto antes, para que possa dar vazão a seus impulsos sociais autodestrutivos com a segurança e a sedação recomendadas por profissionais especializados.

Vão tentar te obrigar a viver intensamente. Resista.

O mundo é uma sequência aleatória de acontecimentos sem sentido em todas as direções que visam te aniquilar

Tentar explicar o inexplicável ou mudar o imutável resulta numa bola de neve de sofrimento, pois trata-se de tentar encaixar, numa fórmula de sociedade utópica idealizada pelo ser humano, um mundo real e imperfeito com suas próprias leis que antecedem ao ser humano e fogem ao seu controle. E mesmo que isso fosse possível, não haveria — como não há — por que mudar ou explicar o mundo e a vida, pois não há um horizonte para o qual o mundo aponte — há apenas o mundo. E não há sentido na vida — há apenas a vida. E a vida é uma merda.

Essa falta de sentido invalida também a crença absurda no "significado das coincidências", uma crendice que visa justificar de forma fantástica acontecimentos que possuem algum tipo de traço semelhante, mesmo os mais comuns e corriqueiros. Ora, num mundo onde uma quantidade incontável de eventos desenrola-se e modifica-se o tempo todo, é impossível imaginar que coincidências também não ocorram o tempo todo.

É como jogarmos dados algumas vezes: é inevitável que eventualmente haja uma coincidência nos números, obviamente sem uma explicação profunda para tal (seja coincidência em números repetidos, seja na correspondência do número dos dados com o número pensado por quem os atirou, como se houvesse uma ligação entre o pensamento e os eventos).

É curioso perceber que não são lembradas ou notadas as vezes em que os números dos dados não coincidem entre si ou com o pensamento, mesmo essas oportunidades aparecendo em número indubitavelmente maior do que as coincidências. Ignora-se, dessa forma, propositadamente tudo o que não confirmar uma convicção na mistificação da coincidência ou um desejo de colocar um sentido por trás dos acontecimentos, que é, por sinal, como tudo o que é fantástico, muito mais interessante e atraente do que as coisas como elas realmente são. O pensamento positivo, portanto, pode ser fascinante, mas não tem utilidade.

TOQUE #8
"TUDO O QUE FAZ SENTIDO TENDE A SER VISTO COMO VERDADE, QUANDO FAZER SENTIDO NUNCA QUIS DIZER NADA. PELO CONTRÁRIO, SE FAZ SENTIDO PROVAVELMENTE É MENTIRA."

Aceitar o mundo como ele é, sem sentido, significa desfrutá-lo e fazer parte dele por completo. Só vive realmente quem participa e só participa quem aceita. O ser humano que não vive o mundo e quer possuí-lo ou opor-se a ele só gera para si uma sensação infinita de falta e busca. Não passa de uma atitude infantil e megalomaníaca de tentar moldar todo o cosmo à sua imagem e semelhança. Um mundo melhor não é um mundo diferente, mas um mundo mais bem aproveitado.

EXERCÍCIOS

Quando nos olhamos fixamente no espelho por muito tempo e deixamos nossa mente voar livre, começamos a não nos reconhecer mais naquela imagem. Aquela pele, aquela cor de cabelo, parecem de outra pessoa. Até nosso nome parece emprestado. O que realmente somos nós? Definitivamente não somos nossos corpos, nem nossos nomes. Parece libertador, mas é apenas enlouquecedor, então não faça isso. A mente não foi feita para voar livre, muito pelo contrário, foi feita para ser aprisionada e domada.

O exercício deste capítulo visa repetir as frases a seguir com o objetivo de controlar a sua mente, que tenta a todo custo te destruir (pois essa é a função da mente humana), e conduzi-la à felicidade — como um cachorro com aquela coleira que estica, dando-lhe a ilusão de ser livre, mas quando está prestes a lamber a ferida no pé de alguém em situação de rua, ele percebe que está sendo puxado violentamente para trás por uma corda amarrada em seu pescoço. A ferida no pé, que parece saborosa ao cachorro (e provavelmente é), simboliza a liberdade, enquanto a felicidade é simbolizada por um pudim de nozes que nem foi notado, até porque estava na vitrine de uma loja em outro bairro. Ou seja, uma coisa não tem nada a ver com a outra.

"EU ACEITO O MUNDO E ME ACEITO. A INFELICIDADE É CONSEQUÊNCIA DO DESEJO DE MUDANÇA, E TANTO A FELICIDADE QUANTO A INFELICIDADE DEPENDEM DA INTERPRETAÇÃO DADA À REALIDADE E NÃO DA REALIDADE PROPRIAMENTE DITA."

"COINCIDÊNCIAS EXISTEM E NORMALMENTE ESTÃO CONTRA MIM."

6. CONFORMANDO-SE COM VOCÊ

"Quando uma pessoa diz para você acreditar em você e você acredita, você não está acreditando em você. Você está acreditando na pessoa que acredita em você."

— *Craque Daniel*

Mesmo quando se admite que defeitos e falhas pessoais existem, pode ser difícil conter o débil porém determinado delírio que é a busca pela evolução pessoal, um obstáculo no caminho das falhas de caráter e dos vícios de comportamento que qualquer pessoa que almeja a felicidade deve cultivar como sinônimos de individualidade e personalidade. Não é à toa que quem preza a felicidade exalta rachaduras de caráter como indícios de uma personalidade forte.

"BUSCAR DESENVOLVER VIRTUDES É NA VERDADE O DESEJO DE TORNAR-SE OUTRA PESSOA, O QUE É OBVIAMENTE IMPOSSÍVEL E, PORTANTO, INFELIZ."

Não obstante, procurar atender a um comportamento modelo, flexível, disponível e agradável na interação com o outro é traçar para a própria personalidade um perfil de obscuridade de caráter, de pensamentos e intenções ocultas e, portanto, perigosas. Essas são as chamadas PESSOAS SIMPÁTICAS, uma corruptela do anteriormente citado CARA LEGAL e também uma fonte interna infinita de sofrimento. Ninguém é agradável impunemente.

TOQUE #9
"O PREÇO DA ACEITAÇÃO SOCIAL É IMPAGÁVEL."

O poço sem fundo de angústia que é perseguir a evolução pessoal dá-se pelo simples fato de que essa é a opção por um caminho sem fim, como no jogo River Raid, em que um avião pixelizado atira a esmo contra embarcações e pontes sobre um rio sem fim até que a pessoa segurando o joystick morra de causas naturais. Esse é o tão buscado fim de River Raid: a sua morte. E depois aparece "congratulations" piscando em japonês.

As etapas de nossa existência apenas dão a impressão de serem percorridas, enquanto acumulamos (muito) mais defeitos do que qualidades, de modo que nunca há desenvolvimento pessoal real. Pelo contrário, à medida que envelhecemos a tendência é sempre piorar, e muito.

E mesmo dentro dessa ilusão da evolução que é o River Raid da vida, a frustração e a ansiedade são inevitáveis, pois uma estrada infinita parece sempre cada vez maior, e a cada etapa cumprida diversas outras surgem do nada, trazendo uma avalanche de angústia e sofrimento, até que a decadência do corpo e da mente alcançam um ponto tão baixo e solitário que o lento e doloroso desmoronamento da existência finalmente chega ao seu final, e ainda, como se não bastasse, paradoxalmente traz de brinde a cruel ilusão de que foi abrupto demais para ser percebido.

Então nada mais natural que, enquanto atravessamos essa jornada solitária, injusta e de decadência constante que é a vida, a gente queira ser feliz enquanto afunda. Na verdade, afunda, engasga e sufoca. É a PERPETUAÇÃO DA ILUSÃO DA EVOLUÇÃO, ou "o Princípio dos Três Ãos".

TOQUE #10
"A BUSCA INSANA E DESENFREADA PELO CRESCIMENTO PESSOAL NOS ENTORNA* NUM CARROSSEL DE ANGÚSTIAS QUE SE CHAMA 'TOPAR DESAFIOS'. NÃO VALE A PENA. SE ALGUM AMIGO TE PROPUSER UM DESAFIO, DIGA NÃO. AFASTE-SE DESSA TURMA. QUEM TEM FELICIDADE NÃO PRECISA DE DESAFIO."

Negar-se a tentar evoluir é, portanto, o ato revolucionário de evitar criar problemas para si próprio, trazendo a felicidade que só a estagnação intelectual, profissional e pessoal pode proporcionar. É necessário, ainda, amesquinhar os acontecimentos da vida, simplificá-los, relativizá-los, revisá-los, torná-los pequenos e fáceis de se lidar, para que não surjam fortes emoções que só servem para desequilibrar a felicidade.

---

* Foi utilizado o verbo "entornar" num carrossel porque o carrossel na metáfora em questão fica localizado dentro de uma piscina de água fervendo.

Como saber se estamos trilhando o delicado caminho da felicidade?

Sabemos que estamos trilhando o delicado caminho da felicidade quando...
Nos encontramos serenos. O aflito, por outro lado, o refém do sucesso, vive num eterno estado de desorientação, como se em todos os dias de sua vida tivesse acabado de fazer maionese caseira, transformando sua existência numa desesperada corrida contra o tempo para ingerir todo e qualquer tipo de alimento com a maionese antes que ela estrague e o leve a uma morte horrível. E ainda em seu enterro podem dizer que a causa foi droga, o que seria um consolo, já que maionese caseira é bem mais degradante e vergonhoso para a família.

Sabemos que estamos trilhando o delicado caminho da felicidade quando...
Caminhamos na direção oposta do nefasto vício em metas, que, assim como a maionese caseira, é mais uma das falsas promessas de felicidade, e levamos como únicas bagagens no coração não litros de óleo batido com ovos e vinagre, mas a satisfação e o conforto de quem se aceita, aceita as coisas como elas são e os eventos como eles acontecem. Isso é ser real e sinceramente feliz.

Mas por inaptidão transferimos a responsabilidade pela nossa própria felicidade a um mundo com o qual não somos capazes de concordar. Conformar-se realmente consigo mesmo é aceitar que a ordem dos acontecimentos não obedece à nossa vontade e não tem por obrigação nos agradar. É conformar-se com o passado e com o presente, desprezando o futuro.

Lançar-se rumo ao pânico do imprevisível é uma atitude que deve ser evitada a todo custo, até porque nunca vai estar "tudo bem". Quem pergunta se está "tudo bem" deveria receber como resposta uma cusparada na cara, pois isso não é um cumprimento, é uma provocação, uma provocação das mais cínicas e baixas, e com a qual a nossa sociedade infelizmente já se habituou. Sempre haverá, na melhor das hipóteses, algo a incomodar, a perturbar, a impedir que a vida seja ideal. Então não há alternativa senão desistir de lutar contra esses fatores, ou seja, desistir de lutar contra a vida e contra si mesmo até alcançar a desistência plena e absoluta. Existem poucos prazeres maiores do que desistir.

TOQUE #11
"DESISTIR É SEMPRE O MELHOR CAMINHO."

7. O PRAZER DE DESISTIR

> "Uma derrota é sempre um aprendizado. E assim vamos perdendo e aprendendo. E perdendo novamente e aprendendo novamente. E perdendo e perdendo e perdendo, e aprendendo e aprendendo. Quando terá fim esse aprendizado, meu Deus?"
>
> — *Craque Daniel*

Na mitologia grega, a esperança é o último presente contido na caixa de Pandora. Talvez não seja bem isso, mas, para o funcionamento desse raciocínio, vamos partir do princípio de que seja. Depois de desgraças variadas liberadas pelo mundo, a esperança surge como uma promessa de reversão de todas as maldições que caíram sobre a Terra. E, ao receberem todo tipo de mazela, os homens foram contemplados com o poder da crença num futuro indeterminado no qual todos esses males não mais existiriam, sem maiores explicações, instruções ou meios para que isso fosse atingido.

Esse mito na verdade ilustra o grande problema da esperança, essa doença crônica que habita a mente humana. Interpretada por muitos como uma bênção no fundo de uma caixa que continha apenas calamidades, a esperança na verdade é a maior das pragas. É o golpe de misericórdia na humanidade, pois em vez do conformismo, decreta definitivamente a insatisfação, a frustração e infelicidade eternas — e irreversíveis.

TOQUE #12
"TODOS OS DIAS NOS DEPARAMOS COM HISTÓRIAS INSPIRADORAS DE PESSOAS QUE TRIUNFARAM MESMO QUANDO TUDO INDICAVA QUE ELAS NÃO CONSEGUIRIAM. MAS NUNCA PRESTAMOS ATENÇÃO NAS HISTÓRIAS, EM NÚMERO INFINITAMENTE MAIOR, DAS PESSOAS QUE, QUANDO TUDO INDICAVA QUE ELAS NÃO IAM CONSEGUIR, REALMENTE NÃO CONSEGUIRAM."

Na vida real, infelizmente o Rodrigo Faro não vai surgir do nada chorando com uma equipe de filmagem e uma casa de presente para você, se você estiver sem casa. O ser humano é múltiplo, portanto existir é doloroso e desagradável nas mais variadas formas, mas sem dúvida a esperança é o castigo maior, em qualquer setor da vida. Todos os relacionamentos são fadados ao fracasso, seja na solidão da separação ou na infelicidade compartilhada.

Apesar de menos prejudicial do que o otimismo, a esperança age contra o bem-estar da mesma maneira. O otimismo, que é o precedente do fracasso, cega o indivíduo com a certeza infundada de que tudo se resolverá como ele imagina. Como isso dificilmente acontece, essas facadas de frustração vão sangrando o seu estado de espírito. E mesmo que o desenrolar dos acontecimentos seja o melhor possível, a vantagem emocional extraída desse sucesso é quase nula, uma vez que o otimista já contava com um desfecho feliz.

TOQUE #13
"O OTIMISTA SÓ TEM A PERDER."

O sujeito esperançoso, por sua vez, não pensa que necessariamente seus planos serão bem-sucedidos, mas é atraído perigosamente por essa possibilidade. Desse modo, ainda há, embora em menor escala, a decepção que mina o bem-estar com as inevitáveis desventuras. Se comparados com o pessimismo, tanto a esperança quanto o otimismo são desvantajosos, pois o pessimista é o único que não se abala diante das desventuras, recebidas com suavidade e naturalidade. Por outro lado, as pequenas e raras bênçãos da vida são celebradas com uma surpresa prazerosa, contida, saudável e realista, que tempera e revigora um comportamento linear, equilibrado e sólido nos bons e maus momentos. Não há a decepção da esperança que não se concretizou. Não há o tédio como teto emocional do otimismo.

O QUE É OTIMISMO?
É frustração quando as expectativas não se concretizam.
É falta de entusiasmo nos momentos alegres, pois já eram esperados.

O QUE É ESPERANÇA?
É frustração em menor grau diante das decepções.

> É mistura de alegria e alívio diante dos êxitos, numa espécie de "sub-alegria".
>
> O QUE É PESSIMISMO?
> É serenidade diante dos insucessos.
> É a anulação do temor quando não há mais dúvida de que os acontecimentos temidos ocorrerão.

Ter esperança, ou seja, esperar, é tão nocivo quanto aspirar, embora esses dois conceitos sirvam-se de meios diversos para minar a sua felicidade. A esperança é uma das consequências do inconformismo, ao lado da revolta desesperada. Esses dois estados de espírito não podem ser conciliados com o bem-estar. Se há esperança não pode haver bem-estar. Se há esperança, há insatisfação, há falta, há sofrimento. Na felicidade não há espaço para esse cadáver que chamamos de esperança.

TOQUE #14
"MUITAS SITUAÇÕES PODEM TE ABALAR, MAS SÓ A ESPERANÇA PODE TE DESTRUIR."

Mesmo a concretização de um desejo ainda é o fim de um desejo, ou seja, mesmo as conquistas sempre trazem infelicidade. Trata-se de um vício de comportamento que se espalha como uma doença de pele na vida do ser humano e, embora seja o problema, oferece-se como solução.

"A ÚNICA SAÍDA É DESISTIR.
DESISTIR É O ÚNICO CAMINHO."

Tanto num sentido geral quanto no exercício constante da desistência semeando um prazer saudável no dia a dia, desistir é uma conquista, um desafio reverso.

TOQUE #15
"NUNCA DESISTA DOS SEUS SONHOS, A NÃO SER QUE VOCÊ QUEIRA DESISTIR, AÍ DESISTIR PODE SER UM DESAFIO E O SER HUMANO É MOVIDO A DESAFIOS."

8. NUNCA ACREDITE NO IMPOSSÍVEL

"Não sabendo que era impossível, ele foi lá e fez. Mas aí contaram pra ele que era impossível, e ele teve que voltar lá e desfazer, e deu o maior trabalhão."

— *Craque Daniel*

O mercado da autoajuda é muito vasto. Para onde quer que a gente olhe, sempre existirá uma pessoa que estava na pior, devendo para parentes e se reinventou, arregaçou as mangas e saiu do buraco. E geralmente essa pessoa conseguiu tudo isso dando palestras e escrevendo livros de autoajuda para otários.

Portanto, é natural que certas máximas utilizadas por gurus e coaches, tanto aqueles que já tiveram prisão provisória decretada quanto os que conseguiram com muita fé e força de vontade fugir para Miami, acabem por se cristalizar e quase se transformem em fatos universais. Afinal, como eu já disse inúmeras vezes, quando uma mentira é repetida mil vezes, ela se torna verdade. Infelizmente eu ainda não repeti essa frase mil vezes, portanto ela ainda é mentira e não tem reconhecimento jurídico, porém funciona bem informalmente, numa discussão conjugal ou a respeito do espólio de um ente querido.

Abordei neste livro alguns dos clichês mais comuns da autoajuda, para alertá-lo do perigo desta prática tão brega. Reservei, no entanto, esta seção especial para tratar do mais perigoso e nefasto princípio que a autoajuda tenta introduzir em seus adeptos, como numa colonoscopia pouco amorosa: a crença no impossível. Seja a qual vertente filosófica pertença ou o número de passaportes falsos que o palestrante tenha, todos eles, em algum momento, antes ou depois do coffee break, usarão alguma frase de efeito para te provar que, por mais que a sua vida seja um lixo, a sua mãe tenha vergonha de você, o seu cachorro tenha dilacerado particularmente o seu controle remoto, o seu órgão genital passe 24 horas por dia pegando fogo, o fantasma do PC Farias te visite todas as noites te apresentando documentos e te pedindo para divulgar a verdade sobre o seu assassinato, você torça para o Vasco, o seu fone de ouvido esteja com mau contato, a peste negra tenha assolado o seu bairro, o seu ânus vire do avesso a cada vez que você defeca e tenha que ser desvirado manualmente num processo extremamente complexo, doloroso e humilhante que só pode ser executado ao ar livre por uma junta de vinte médicos e oito blogueiros fazendo live no Instagram, a sua dieta seja rica em fibras, você tenha sido eleito senador pela ONG do Luciano Huck, você tenha comprado um bolo diet sem perceber, um rato tenha arrancado o seu olho quando você estava dormindo, a sua lojinha de produtos veganos tenha explodido, o Tite tenha te convocado, você esteja sendo procurado por um crime que não cometeu e só tenha 24 horas para provar sua inocência enquanto é caçado como um animal por todo o país, esteja sendo processado por plágio pelos produtores do filme *O Fugitivo*, que tem exatamente esta trama, tenha sido convidado para se apresentar no palco Rock Legends do Rock in Rio num tributo aos Raimundos, sua tia tenha caído do cavalo, você seja ex do Mel Gibson, você tenha lepra hemorrágica, três testículos, a vaga na garagem do seu prédio seja ao lado de uma pilastra, seu filho te odeie, sua vó more longe, seu nome seja Cauê, você tenha sido selecionado para participar de um reality show na Band, você tenha vencido um reality show na Band, a Virgem Maria tenha telefonado para você e te revelado três segredos mas você os tenha esquecido pois estava sem caneta pra anotar e você esteja no cheque especial, tudo vai dar certo se você acreditar no impossível. Só um toque: não vai.

No nosso percurso por esta grande rave clandestina chamada VIDA, encontramos muitos obstáculos. Alguns são resolvidos com uma boa conversa, como um desentendimento entre colegas, outros são resolvidos com dinheiro, como um desentendimento com a polícia, e outros, mais complicados, apenas com o emprego da violência física, como um desentendimento entre vizinhos ou um campeonato de artes marciais.

Frequentemente, no entanto, nos deparamos com problemas de uma complexidade tão grande ou que dariam tanto trabalho para serem resolvidos e envolveriam uma rede tão sofisticada de subornos e mentiras que não vale nem a pena tentar solucioná-los.

E com ainda mais frequência, diariamente, a todo e qualquer momento, você se depara com uma caixinha com uma etiqueta "impossível" grudada em cima. E não raro, devido a um surto de insensatez ou para orgulhar o seu palestrante preferido do TED Talk, você resolve abrir aquela caixinha com uma etiqueta "impossível" grudada em cima, achando que foi a sua crença no impossível que o tornou capaz.

"NA VERDADE, VOCÊ NÃO CONSEGUIU O IMPOSSÍVEL, VOCÊ APENAS ABRIU UMA CAIXA COM UMA ETIQUETA 'IMPOSSÍVEL' GRUDADA EM CIMA, E ESTA É UMA TAREFA RELATIVAMENTE FÁCIL, CASO VOCÊ NÃO SOFRA DE ARTRITE."

Caso você sofra de artrite, peça para outra pessoa devidamente motivada abrir a caixinha com uma etiqueta "impossível" grudada em cima, mas esteja ciente de que, ao abri-la, não vai ter nada dentro. E caso, porventura, tenha algo dentro, a pessoa que abriu a caixa para você provavelmente vai pegar para ela e sair correndo. Boa sorte tentando alcançá-la. Inclusive, esta seria uma boa hora para começar a acreditar no impossível.

    Em se tratando de caixas, a mãe do Forrest Gump sempre disse a ele que a vida era como uma caixa de chocolates, pois você nunca sabe o que vai encontrar dentro. Mas o Forrest era criança e enganar criança é muito fácil. Quero ver essa senhora enganar alguém da idade dela. Pensando bem, seria igualmente fácil. Talvez eu deva deixar esta analogia com caixas de lado e focar numa lição de vida melhor e mais adequada ao tema proposto, como aquela dada por Serginho Total, o chicote do povo, munido da sabedoria que apenas décadas de amizade com Gérson, o Canhotinha de Ouro, pode proporcionar, e de um ato falho vindo diretamente de seu inconsciente genial e assustador, quando, diante de mim e do Professor Cerginho da Pereira Nunes, olhou para a câmera e disse:

"TUDO É IMPOSSÍVEL."
— *Serginho Total*

Tecnicamente falando, algumas poucas coisas não são impossíveis, mas Serginho usou de licença poética para arredondar a frase para a posteridade. Diante deste quadro, acreditar no impossível, portanto, é acreditar em (quase) absolutamente tudo que existe no universo. Você imagina o trabalho que isso não deve dar.

Acreditar em algo que nunca vai acontecer é perda de tempo, e o tempo é o nosso bem mais precioso,[*] e só deve ser desperdiçado irresponsavelmente com atividades divertidas, como o videogame, a masturbação e o vandalismo. Gastar o pouco tempo que te resta nesse plano astral (que é o único que existe) acreditando no impossível é imperdoável. Espero que você concorde comigo nisso, e, caso não concorde, tudo bem, eu nem te conheço, vou dormir tranquilo hoje imaginando que você concordou e não há nada que você possa fazer a respeito. O nome disso é paz de espírito, por mais que o meu psiquiatra queira chamar de outra coisa.

Mas eu sei que, diante desta epifania cósmica a respeito da possibilidade das coisas, o grande problema que se

---

[*] Dependendo do recorte sociodemográfico ao qual você pertença.

apresenta logo em seguida é: como identificar o que é impossível? O impossível é, por definição, algo extremamente difícil de acontecer, muito mais difícil do que você possa imaginar, como o ar de repente se transformar em ouro, passando pelo seu sucesso profissional e pela prosperidade do seu modelo de negócios aplicado a um ambiente cada dia mais fragmentado e digital.

Resumindo, o impossível é algo que nunca vai acontecer, mesmo se você não estiver olhando. Mas pior do que o fato de a crença no impossível, assim como o pacto de sangue e a higiene bucal, ainda não ter tido a sua eficácia comprovada cientificamente, é o que isso engendra na pessoa desavisada o suficiente para acreditar nele.

"ACREDITAR NO IMPOSSÍVEL, MESMO QUE APENAS COMO FENÔMENO PURAMENTE METAFÓRICO NA CONSTRUÇÃO DE UM ARGUMENTO DE VENDAS VENCEDOR, LEVA INVARIAVELMENTE O EMPREENDEDOR BRASILEIRO A ACREDITAR EM ALGO MUITO PIOR: O QUASE IMPOSSÍVEL."

Trata-se daquela chance de dar certo perdida no meio de um bilhão de chances de você morrer em uma bola de chamas ao vivo no saudoso programa do Gugu (ainda que o quadro "Bola de Fogo", idealizado e patenteado por mim e oferecido ao comunicador Gugu, nunca tenha ido ao ar). Isso é tudo que o destino estava esperando para fazer a sua vida inteira ir por água abaixo (provavelmente também no programa do Gugu, se ainda existisse, no quadro "Desastre Irreversível". O fato é que eu desenvolvi e ofereci vários quadros a ele, numa época em que eu estava tomando bastante café, e fiquei esperando o pagamento e o retorno de meus e-mails).

É a crença no quase impossível que faz pessoas jogarem na loteria e comemorarem a contratação do Paulo Henrique Ganso para o seu time. Você acha que o roqueiro Eddie Van Halen chegou aonde chegou acreditando no impossível, no quase impossível ou em qualquer coisa com a mínima chance de dar errado? NÃO! Ele comprou uma guitarra toda colorida e escreveu músicas sobre mulheres sexualmente atraentes, ou seja: fez o arroz com feijão e correu para o abraço. Hoje ele vive numa casa gigante em forma de guitarra e passa seus dias tranquilamente em sua rede, tossindo e sendo amparado pela equipe de enfermagem mais dedicada e discreta que o dinheiro e o amor podem comprar. E você sabe onde o roqueiro que acreditou no impossível está hoje? Ele morreu!*

"AS PIORES DECISÕES QUE UM SER HUMANO PODE TOMAR NA VIDA SÃO FRUTO DA OUSADIA, DO PULO NO VAZIO, DA CORAGEM E DA VONTADE DE INOVAR."

Albert Einstein uma vez disse que Deus não joga dados. Apesar do enorme respeito que seu intelecto avantajado ainda suscita e da sua enorme contribuição para a física e para as camisetas feias vendidas em quiosques, esta afirmação de Albert já não

---

* Ou vive uma vida pacata no interior do Rio Grande do Sul (nota para o editor: checar esta informação).

é mais aceita pela comunidade científica desde que a Nasa mandou um telescópio altamente complexo para o espaço que flagrou Deus, confirmando que ele não apenas joga dados, mas sempre tira seis, e também que ele consegue tirar cara e coroa ao mesmo tempo. São truques que ele usa em festas para entreter as pessoas, pois sua personalidade autoritária e insegura muitas vezes é vista como um empecilho social.

Enfim, o caos e a arbitrariedade do universo, além de impossibilitarem uma abordagem minimamente racional da existência humana como sendo algo mais do que um amontoado ocasional de acasos bem hidratados, são uma péssima notícia para você que acha que, por mais que uma coisa tenha toda a chance dar errado, com você ela dará certo. Não dará. O seu autolanches com sanduíches batizados com nomes de personagens de novela não dará certo. A sua ideia para um campeonato de apneia de cachorros não dará certo. A sua ida para a Band para apresentar um programa de variedades, com bastante humor e informação, não dará certo. Seu relacionamento aberto não dará certo. Seu tratamento com plasma de morcego não dará certo e você continuará impotente. Seu tratamento com plasma de macaco não dará certo e você continuará impotente. Seu tratamento com plasma de pessoas impotentes não dará certo e você será mordido por um morcego e espancado por um macaco. Esses são fatos.

E mesmo que, dia após dia, você veja as coisas não dando certo, talvez isso te dê ainda mais motivação para continuar tentando. Talvez você seja movido a desafios. Talvez você tenha a frase "movido a desafios" tatuada. Nesse caso, cabe a mim te contar uma verdade bastante difícil de aceitar: o fato de uma coisa ainda não ter acontecido não torna mais provável que ela aconteça no futuro. Na verdade, é apenas a prova de que essa coisa nunca vai acontecer. Outra verdade bastante difícil de aceitar é que sua tatuagem é feia. E seus filhos também são feios. Desnecessário dizer que, se você tatuou o rosto de seu filho, isso também será feio, além do fato de que a tradicional tatuagem de rosto de bebê sempre se parece com todo e qualquer bebê, de modo que algum vizinho pode achar que você tatuou o bebê dele e te agredir.

"O FRACASSO É UMA ESPÉCIE DE TELEGRAMA ANIMADO QUE DEUS CONTRATA PARA TE MANDAR À MERDA, UM OUTDOOR METAFÍSICO QUE O UNIVERSO ALUGA POR TEMPO INDETERMINADO PARA TE DIZER **DESISTA**."

Desista de realizar os seus sonhos, desista de vencer na vida, desista de criar uma plataforma digital de softwares livres genuinamente brasileira com conteúdo atualizado diariamente por colaboradores anônimos. Desista de se livrar da maldição horrível que todos os seus antepassados lhe enviaram diretamente do infinito e que te faz incapaz de estabelecer laços afetivos minimamente saudáveis e, sobretudo, desista do seu relacionamento aberto. O relacionamento aberto não é para você, é para pessoas mais maduras e bem resolvidas, que gostam de transar com várias pessoas diferentes e ser emocionalmente diaceradas pouco a pouco pelo absoluto vazio de sua ideia miserável de liberdade e satisfação sexual até se tornarem nada mais do que carcaças ocas deprimidas movidas exclusivamente pelo ódio e pelo cinismo se arrastando até um fim corrupto e degradante em algum buraco imundo de podridão moral. E que gostam de viajar.

E como se toda essa lista infinita de decepções decorrente da crença no impossível não fosse o suficiente, ainda tem mais, pois, sem dúvida, o maior perigo que este tipo de pessoa corre não é nunca ter seu sonho realizado, mas justamente ter ele realizado. Uma pessoa que conscientemente não apenas se prepara para passar a vida inteira acreditando no impossível como também decora o seu chamado workspace com quadros motivacionais que diariamente o lembram desta escolha tão infeliz não está preparada para que o impossível se torne realidade. Toda a sua ética profissional, seus desejos pessoais e sonhos de consumo estão baseados na crença em algo que, lá no fundo do coração, ela sabe que não tem chance nenhuma de acontecer. Plenamente satisfeita em não ter nenhum de seus objetivos alcançados, ela se contenta em descansar seu corpo fatigado no aconchegante sofá da esperança, eternamente manchado de lágrimas e molho barbecue, e que após tantos anos já adquiriu o formato de suas nádegas tristes.

> O perigo é o ato de desistir passar a não ser mais uma opção, pois pode dar a falsa impressão de que dá muito trabalho: a pessoa que desiste de acreditar

> em alguma ilusão infantil tem que obrigatoriamente encontrar outra para colocar no lugar de imediato, sob o risco de perder o sentido da vida ou virar gótico. E pouca gente sabe isso, mas os góticos são a tribo urbana com maior índice de morte por atropelamento, devido à sua vestimenta preta e insistência em andar pela rua de madrugada, habitat natural de outra subcultura bastante popular, o motorista embriagado. Portanto, continuar acreditando em algo pode parecer muito mais fácil que desistir. É a sensação de que quanto mais improvável, melhor, e poucas coisas são mais improváveis de acontecer do que o impossível.

De certa maneira acreditar no impossível é como passar num concurso público: o benefício imediato é que sua mãe para de te encher o saco para você tomar rumo na vida e você pode continuar sendo o mesmo estúpido inconsequente e desequilibrado de sempre, pois tem este ás na manga para jogar na cara dela sempre que for questionado por chegar bêbado em casa ou ter atropelado um gótico: "Mãe, eu passei num concurso público, só estou esperando me chamarem, não posso fazer nada!"

Mas se um dia, por algum erro de nossa máquina burocrática enferrujada e obsoleta, você for chamado para ser professor primário em uma escola lá na casa do caralho, de repente você terá que prestar contas à sua irresponsabilidade. Por isso, o maior medo da pessoa que acredita no impossível é o impossível acontecer. O que antes era apenas uma cenoura na ponta de uma vara de pescar sendo perseguida por um burro, uma utopia linda usada para legitimar uma vida feia, de repente está ali, terrivelmente real e tangível, dependendo só de você. Quando você percebe, o caminho não tem mais volta: você já é CEO de uma grande empresa e dá palestras motivacionais (misturadas com stand-up) aos finais de semana, sempre com muito otimismo na capacidade criativa do brasileiro de enfrentar as crises e estimulando todos ao seu redor a pensar fora da caixa.

> Pensar fora da caixa é uma lição muito superestimada no mundo corporativo. Falta a esta analogia uma contextualização: que caixa é essa? Talvez a caixa tenha wi-fi e um quadro escrito ROCK na parede, criando um ambiente jovem e dinâmico para a criação de conteúdo digital. E se você sair da caixa, seja para pensar ou fumar um cigarro, ela pode ser roubada. Se o funcionário em questão estiver vivendo em situação de rua, realidade cada vez mais comum entre talentos do webdesign, uma caixa pode ser tudo que ele tem, pode ser onde ele guarda suas roupas, potes de margarina e as fotos de sua família que o abandonou por não concordar com o seu estilo de vida. E outra coisa: quando uma pessoa toma a decisão de sair da caixa para pensar (ou fumar um cigarro), a primeira coisa que ela tem que colocar

> em pauta não é como solucionar um problema do seu cliente, mas O QUE EU ESTAVA FAZENDO ESTE TEMPO TODO DENTRO DE UMA CAIXA? E esse tipo de reflexão pode tomar um tempo precioso, que poderia ser usado para pensar de maneira mais eficiente, ainda que ortodoxa. Ou para fumar um cigarro.

A minha dica para evitar correr todos os riscos descritos acima é tentar acreditar apenas em fenômenos que tenham 45% ou mais de chances de acontecer. A pequena tendência a acreditar no improvável (<50%) ainda te garantirá uma boa porcentagem de sucesso, equilibrando a confiança na boa vontade do universo com a sensatez estatística que é o segredo de toda pessoa bem-sucedida.

Quando te questionarem se o copo está meio vazio ou meio cheio, pergunte "de quê?" e, lembre-se, um otimista se torna um pessimista quando percebe que o copo está meio cheio, mas é de caipirinha de frutas vermelhas. Mas como saber quais as chances de algo acontecer? O cálculo se baseia num algoritmo extremamente complexo, desenvolvido por um primo de Malba Tahan, o homem que calculava, chamado Marcinho Tahan, o homem que calculava errado. Foi astrônomo, matemático, poeta, palestrante e adepto da numerologia que viveu na Pérsia medieval, que, como você pode imaginar, era um ambiente muito pouco propício ao desenvolvimento de startups, o que acabou por influenciar o estado de espírito de Marcinho para o que ficou conhecido como pessimismo de resultados, ou pessimismo pragmático, em contraposição ao pessimismo-moleque da escola schopenhauriana, adotado posteriormente por Fernando Pessoa e aquele vocalista do The Cure que parece uma coruja triste.

Porém, duas razões me levam a não me estender a respeito das minúcias teóricas do algoritmo do pessimismo de resultados, a primeira sendo o meu desejo de que este livro seja acessível a todos que possuam a vontade de empreender e tenham R$34,90[*] no bolso. Não seria oportuno, portanto, rechear este capítulo com uma série de expressões matemáticas altamente sofisticadas desenvolvidas pelo mestre persa e decifradas através dos séculos em meio a suas inúmeras listas de supermercado e desenhos aleatórios,[**] num livro que, convenhamos, é destinado a um público com o QI médio limitado o suficiente para acreditar na

---

[*] Preço sugerido.

[**] Tamanha era a genialidade deste grande polímata que ele desenvolveu, ainda no século XII, a série de desenhos aleatórios que até hoje é feita por pessoas entediadas ao falarem com familiares ou cônjuges ao telefone, antevendo em mais de setecentos anos a invenção do telefone e do tédio. Como todo grande visionário, ele foi incompreendido, sofreu muitas represálias e acabou apedrejado por uma multidão enfurecida que considerava seus desenhos de estrelas, casas, cubos 3D e o nome Marcinho Tahan escrito inúmeras vezes uma heresia imperdoável. Ironicamente, o fato de o telefone ainda não ter sido inventado na época fez com que o seu apedrejamento fosse pouco divulgado, o que resultou num público aquém do esperado e permitindo que Marcinho sobrevivesse ao ataque, ainda que com diversas escoriações no corpo e na alma, mas principalmente no corpo. Mesmo aleijado e destituído do prestígio e dos imóveis que antes possuía, Marcinho Tahan, o homem que calculava errado, ainda viveu plenamente durante muitos anos, até ser preso por sonegação de imposto e morrer, sem poder presenciar o sucesso de seu primo em apresentações de matemática freestyle nas praças públicas de Nishapur.

autoajuda ou na ajuda de maneira geral. A segunda razão que me fez omitir uma explicação matemática mais profunda do pessimismo de resultados é que o meu teclado não está configurado para os caracteres muitas vezes herméticos e obscenos do persa antigo, e eu não sei mudar.

No lugar de uma longa e entediante explicação, no entanto, gostaria de apresentar, a título de exemplo, uma longa e entediante lista de fenômenos de acordo com a sua probabilidade de acontecer, em ordem decrescente de porcentagem, e que poderá servir de métrica para você decidir se algo pelo qual anseia — como o sorteio em um consórcio ou a sua esposa finalmente conseguir engravidar, ainda que ela tenha passado da idade fértil e você não faça amor com ela há anos — opera com mais ou menos de 45% de chances estatísticas de se materializar e, consequentemente, se vale ou não a pena continuar acreditando ou é mais negócio gritar um sonoro DEIXA PRA LÁ ao universo e cuidar da sua vida.

Morrer	100%
Ter todos os seus sonhos destruídos lentamente como em um grande striptease de dor e sofrimento * (o 1% restante se refere àquele sonho em que você vai pelado para a escola. Esse sonho geralmente acontece de verdade)	99%
Cair na malha fina	98%
Se apaixonar por uma Carol	95%
Tomar um fora de uma Carol	95%
Ter seu Uno Mille roubado	93%
Ter o mesmo Uno Mille roubado novamente	92%

Sua tatuagem infeccionar	90%
Se casar com o Fábio Jr./Se divorciar do Fábio Jr.	89%
Celso Roth treinar/rebaixar o seu time	86%
Sua chocotoneria no shopping ir à falência após seis meses devido a má administração e seguidos golpes aplicados pelo seu sócio, que posteriormente fugiu para o Paraguai	85%
Seu filho repetir de ano	83%
A válvula da descarga que você comprou não ser compatível com o modelo da sua descarga	80%
Salmonela	79%
Seu temaki ser servido com cream cheese, mesmo após diversas ressalvas e ameaças à integridade física e psicológica do garçom e de toda a sua família, incluindo seu pai inválido ligado 24 horas a um aparelho de respiração artificial	77%
Chegar atrasado ao Enem	75%
Cair num buraco	73%
Uma mariposa soltar diretamente no seu olho aquele pozinho que cega	71%
Sua avó morar longe	68%
O cantor Otto te pedir um cigarro	67%
Seu períneo infeccionar	64%
Ser filho do Julio Iglesias	63%
Ter alguém falando mal de você neste exato momento	61%
Um rato ter defecado na sua boca enquanto você estava dormindo noite passada	60%
Algum parente ter um rim compatível com o seu	58%
Ser chamado para discotecar em uma festa no BBB	56%
O cantor Otto te pedir para ser fiador do apartamento dele	55%
Ser escolhido para ser retirado da plateia aos berros, despido e figurativamente devorado por Zé Celso Martinez Corrêa numa montagem de Os Sertões	53%

Ser escolhido para ser retirado da plateia aos berros, despido e figurativamente devorado pelo Chico Bento numa montagem do Circo da Turma da Mônica	53%
O cantor Otto te pedir em casamento	50%
Ganhar no par ou ímpar	49%
A Adriane Galisteu estrelar a capa da *Caras* desta semana	47%
A mousse de maracujá da padaria próxima à sua casa ser boa	45%

(A partir daqui os eventos deixam o campo das possibilidades confiáveis, segundo a lógica do pessimismo de resultados. Não perca seu tempo esperando que nada das seguintes coisas aconteçam.)

Seu pai te amar	44%
Ter seu Uno Mille encontrado pela polícia ainda com o CD do Red Hot Chili Peppers dentro do aparelho de som	41%
Pegar alguém no trote do falso sequestro	40%
Sua lan house passar na inspeção do Corpo de Bombeiros	39%
Seu tio descer da árvore sem quebrar a clavícula	37%
Ser abduzido por alienígenas que NÃO introduzem sondas no seu reto	36%
A descupinização do seu prédio ser bem-sucedida e não causar sequelas neurológicas a todos os condôminos	34%
Ganhar no joquempô	33%
Alguma praia num raio de dez quilômetros da sua pousada estar apta para receber banhistas	31%
Conseguir sorrir sem um traço de amargura	30%
Algum parente com um rim compatível com o seu estar disposto a cedê-lo a você	28%
Ser reconhecido na justiça pelo Pelé (sendo ou não filho dele)	27%
O diploma do seu acupunturista ser reconhecido pela SBA (Sociedade Brasileira de Acupuntura)	25%
Sua técnica para acender churrasqueira ser bem-sucedida e impressionar todos os presentes	22%

O tratamento que seu médico garantiu ser eficaz em 80% dos casos dar certo	21%
Ganhar no jogo do bicho	19%
Jesus Cristo voltar	18%
Vagner Mancini manter o emprego	16%
Ter desligado o fogão antes de sair de casa	14%
Seu modelo de negócios prosperar num ambiente cada vez mais fragmentado e digital	11%
Seu filho dar certo como ator mirim	10%
Ser chamado para subir no palco e beijar o Bon Jovi	8%
As promessas de amor e fidelidade emocional feitas no momento em que seu parceiro se encontrava desprovido de amigos e companhia para o cinema se sustentarem a médio prazo	5%
Sua vó lembrar seu nome de primeira	4%
O Rodolfo voltar a usar drogas e voltar para o Raimundos	3%
O sorriso de uma criança melhorar o seu dia	2%
O seguro te pagar uma apólice sem te perturbar com questões como laudo necroscópico, perícia automotiva, gravações de câmeras de segurança e depoimentos de doze testemunhas oculares	1%
O amor que você dá ser devolvido exatamente na mesma medida (Teorema de Paul)	< 1%

Pronto, imprima esta tabela,* guarde-a em sua bolsa, carteira ou no porta-luvas do automóvel e a consulte quando precisar decidir se acredita ou não em algum evento futuro. Lembrando sempre que as situações descritas, assim como suas respectivas probabilidades de acontecerem, são constantes imutáveis, independentes de qualquer outra variável

---

*Sendo que a chance de qualquer impressão ser bem-sucedida orbita ao redor de 13%.

cósmica ou interferência humana, então pode mandar plastificar sem medo, o que também evitará manchas de molho barbecue ou lágrimas.

Porém, caso a minha explicação mastigada e pormenorizada não tenha sido didática o suficiente e você ainda se veja na dúvida a respeito de alguma situação de esperança iminente, o melhor conselho é sempre não acreditar, poupando assim seu tempo e saúde mental em algo que, convenhamos, nunca vai se concretizar. Um outro conselho, caso você não tenha entendido esta simples explicação, é tentar marcar uma consulta num neurologista.

"O FATO É QUE O FUTURO É INCERTO E POSSIVELMENTE HORRÍVEL DEMAIS PARA TENTARMOS PREVÊ-LO COM ALGUM GRAU DE SERIEDADE – AO CONTRÁRIO DO PASSADO, QUE É UMA ADEGA CLIMATIZADA ONDE OS MAIS VARIADOS RESSENTIMENTOS E DECEPÇÕES REPOUSAM EMPOEIRADOS E INTOCADOS À SUA INTEIRA DISPOSIÇÃO."

Sendo assim, não vale a pena se angustiar por algo que você não sabe se vai ou não acontecer. Lembre-se que a banda Titãs uma vez cantou: "Eu só quero saber do que pode dar certo/ não tenho tempo a perder." E olha só no que deu.

Resumindo, a vida não é uma caixa de chocolates, como já havíamos dito no início do capítulo, mas um aquário escondido atrás de um pano, onde temos que colocar a mão, sabendo que há um animal dentro. Pode ser uma aranha, pode ser uma cobra, centenas de baratas, um filhote de tamanduá, um rato gigante todo espremido, um tatu, um porco, um jacaré bebê, um pombo (morto) ou um bebê (vivo. Possivelmente abandonado pela mãe).

E em nossa tentativa de descobrir de que animal se trata antes que o Celso Portiolli comece a contagem regressiva, tateamos cheios de medo e curiosidade o corpo nu, frio e úmido de animais peçonhentos e parcialmente dopados. E por mais sexy que isso possa soar, nunca se sabe o que pode acontecer: você pode acabar estimulando sexualmente um coala, engasgando um pardal com seu dedão ou contraindo leptospirose. Algo muito parecido acontece na vida: nunca sabemos o que está por trás do pano chamado destino, e, por mais que tentemos tateá-lo, no final sempre acabamos nos surpreendendo, nos decepcionando ou contraindo leptospirose. O que nos resta, portanto, é aceitar esta situação passivamente e pedir a Papai do Céu a coragem para mudar as coisas que podemos mudar, a serenidade para aceitar as coisas que não podemos, a sabedoria para distinguir uma coisa da outra e um pano umedecido com álcool para limparmos a nossa mão que está toda suja de fezes de barata.

O fato é que a invenção do conceito de recompensa para a virtude ou para o sofrimento é uma peça que não cabe no quebra-cabeças da vida — e nem no quebra-cabeça da Mona Lisa, que se for (atenção: spoiler!) concluído forma o rosto da Mona Lisa, a mesmíssima imagem que já aparece na caixa do produto, ou seja, nem havia a necessidade de perder tempo e compromissos montando nada.

Mas pode ser animadora a armadilha de pensar que se atravessamos um momento de trevas, a recompensa virá eventualmente, mas não há dados que comprovem esse tipo de pensamento nem há lógica nele.

De fato, se há algo de errado acontecendo, é provável que seja consequência de uma determinada atitude, de modo que a tendência será sempre piorar. Por isso o mito da persistência, tida como um valor em si, é tão danosa. Não se deixe tomar pela persistência.

TOQUE #16
"ÀS VEZES É DIFÍCIL SEPARAR A CORAGEM DA BURRICE E A PERSISTÊNCIA DA FALTA DO QUE FAZER."

EXERCÍCIOS

Se a sua mente pudesse ser vista, ela se pareceria com uma arcada dentária grotescamente encavalada, torta, cheia de espaços irregulares e com saliva seca acumulada pelos cantos, dificultando sua respiração, sua mastigação, afetando sua postura e te impedindo de ser atraente o suficiente para beijar a boca da felicidade.

Entretanto, a repetição das frases a seguir é como um aparelho odontológico para a mente, educando-a a funcionar da maneira correta mesmo contra sua vontade. O cérebro é o único órgão que tenta enganar o resto do corpo e sabotar a felicidade do ser que o carrega. O coração e o pênis também, por isso indivíduos sem pênis, sem coração ou sem cérebro tendem a tomar melhores decisões. Portanto, é muito importante que você repita na frente do espelho essas frases todas as manhãs sem refletir muito:

"O OTIMISMO É O PRECEDENTE DO FRACASSO."

"A ESPERANÇA É CAUSADORA DE ANSIEDADE E PROMOTORA DE DECEPÇÃO."

"EU ME DOU O DIREITO AO PRAZER DE DESISTIR DE QUALQUER ATIVIDADE QUE ME ABORREÇA."

"COM OS DAMASCOS QUE A VIDA ME JOGAR, FAREI UM DAIQUIRI DE DAMASCO."*

"A PERSISTÊNCIA É SÓ UM SINAL DE QUE ESTOU FAZENDO ALGUMA COISA ERRADA."

Aprendendo a pensar pequeno

Às vezes é difícil sonhar. Às vezes é difícil até dormir. Quando eu penso que, em algum lugar, alguém está ouvindo "Que País

---

* Talvez emplacar essa frase seja um problema porque damasco não tem a mesma força simbólica do limão, o que também deve explicar o fato de ninguém ter o hábito de jogar damasco em ninguém. Pena.

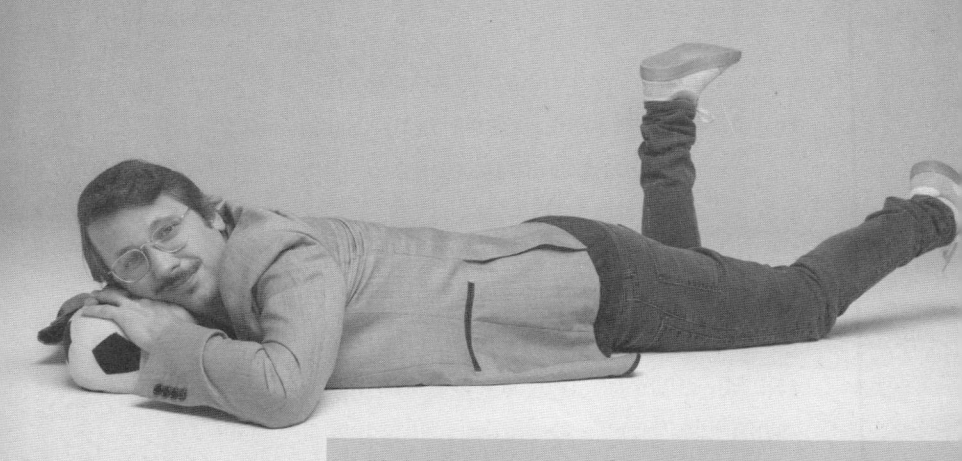

> "Somos joguetes nas mãos dos astros. Não decidimos nada, não sabemos nada. Somos trapos de imundície diante do que os planetas podem fazer com o nosso destino."
> — Craque Daniel

É Esse?", da Legião Urbana, e dizendo que a letra continua atual, eu não consigo dormir.

Mas mesmo com todo esse aprendizado até aqui, a busca por um sonho é natural do ser humano. Somos movidos por sonhos.

"UM HOMEM QUE NÃO SONHA, ASSIM COMO UM WEBDESIGNER, NÃO TEM MAIS MOTIVOS PARA VIVER."

Os sonhos podem tomar muitas formas: um emprego bom, um cônjuge bem-apessoado e relativamente saudável, um filho ator mirim, um cachorro legal, um food truck de comida mexicana pegando fogo. Cada um de nós, ao deitar a cabeça no travesseiro após um dia duro de trabalho, seja numa loja de celulares ou em uma carvoaria clandestina, sonha com algo diferente. E cabe a cada um levantar cedo e batalhar duro para quem sabe um dia, amanhã ou daqui a muitos anos, conseguir que o Rodrigo Faro realize este sonho ao vivo no palco do programa dele.

Mas se engana quem pensa que a realização de um sonho traz felicidade. A infelicidade é muito mais frequentemente fruto de um sonho realizado do que de um sonho não realizado. O próprio menino Neymar treina, corre, se aperfeiçoa, contrata os melhores advogados e os contadores mais criativos na esperança de quem sabe um dia ser eleito o melhor jogador de futebol do mundo. Esse é o sonho dele. Ninguém sabe ao certo por quê. Talvez ele ache que o prêmio de melhor jogador do mundo venha acompanhado de diversos brindes, como chaveiros e bonés comemorativos. Talvez ele tenha se resignado com esse sonho após desistir de outro objetivo, como o de ser o melhor praticante de pirofagia do mundo. Ou talvez ele esteja querendo encontrar nesse símbolo de adulação vazia e mercantilismo sem limites o amor que ele nunca recebeu do próprio pai. Não dá para saber.

A questão é: no dia em que esse rapaz, após finalmente ter traído todos os seus amigos e entes queridos, for eleito o melhor do mundo, ele estará no topo de sua profissão e, lá de cima, olhando todos os seus detratores e auditores fiscais se mordendo de inveja, ele vai descobrir que isso tudo não significou nada. E agora? Ele se perguntará, ao perceber que passou a vida toda correndo atrás de um sonho e agora que conseguiu realizá-lo perdeu seu tempo. A lição que fica é que vida é aquilo que acontece enquanto a gente está muito ocupado citando John Lennon. Portanto, não gaste tempo sonhando alto.

"QUANTO MAIS RÁPIDO VOCÊ SE LIVRAR DO PESO DA REALIZAÇÃO PESSOAL, MAIS RÁPIDO PODERÁ SE OCUPAR COM AS COISAS QUE REALMENTE INTERESSAM, COMO O SEU DIVÓRCIO."

Portanto, acredite no seu sonho merda, no seu sonho pequeno e de fácil acesso, pense pequeno e sobrará muito mais tempo para não pensar. A vida é feita de pequenas vitórias, que muitas vezes passam despercebidas em meio à loucura do dia a dia: sua urina não está mais azulada? Ótimo! O Celso Roth está sendo cogitado para livrar o seu time do rebaixamento? Era tudo que você queria! Seu tio caiu de um cavalo e quebrou a clavícula? Fica a lição. Este é o grande segredo do sucesso pessoal, que apenas eu, Nuno Cobra e Dr. Lair Ribeiro possuímos, mas apenas eu optei por divulgar por este preço promocional: do que vale se esforçar para ser feliz se é muito mais fácil ter prazer na infelicidade alheia? A capacidade de identificar e se beneficiar dessa mais-valia emocional é o que separa as pessoas bem-sucedidas, como Bill Gates e Kia Joorabchian, das pessoas malsucedidas, como Steve Jobs, que está morto.

Só os apáticos são felizes

A felicidade como um tesouro no alto da montanha, um prêmio por esforço ou sofrimento, o resultado de uma conquista, não existe. Até porque o esforço e a dificuldade em si não têm valor. Um poeta nunca será elogiado pela velocidade com que escreve, por mais veloz que seja. Ficar debaixo do sol segurando uma pedra dá trabalho, exige esforço e determinação, mas não leva a nada. Um solo interminável de Joe Satriani pode ser complexo, requer muita técnica e anos de dedicação, mas no fim das contas é apenas uma masturbação olímpica performada junto a uma banda cafona de músicos burocratas contratados para executar uma base amorfa e repetitiva. E que com certeza falam mal do Joe pelas costas.

O prazer desambicioso faz parte desse bem-estar, mas felicidade não é prazer e tampouco euforia, pois, quando esses breves picos de alegria acabam (e eles nunca tardam em acabar), o que resta é frustração e depressão.

"DEPRESSÃO É DESPENCAR, E SÓ DESPENCA QUEM TENTA SUBIR RUMO A SENTIMENTOS ELEVADOS."

Tanto a decepção pela perda quanto a tensão por sua possibilidade real, iminente e constante fazem da troca da felicidade estável pela alegria desequilibrada uma estupidez. Não há droga, não há orgasmo, não há fervor religioso que chegue mais perto da felicidade real do que entrar num cartório na hora do almoço e perceber que ele está completamente vazio. Isso é felicidade, se alguém perguntar. Ou te oferecer droga.

Uma pesquisa recente comprovou que 85% de todos os problemas pelos quais uma pessoa passa na vida podem ser resolvidos se a pessoa decidir ignorá-los: uma tecla que não está funcionando no teclado do seu computador volta magicamente a funcionar após alguns dias, um relatório importante que precisa ser entregue até amanhã não precisará mais ser entregue se você procrastinar até semana que vem, e uma pessoa que está te processando por atear fogo a uma caçamba de lixo no quintal da casa dela desaparece misteriosamente, deixando esposa, três filhos com asma e um quintal carbonizado para trás. É simples.

O hábito de adiar indefinidamente obrigações desagradáveis, além de proporcionar um prazer especial, resulta no acúmulo dessas obrigações, transformando-as numa rede insolucionável e irreversível de problemas, tornando-se para o indivíduo, agora de mãos atadas, uma justificativa real para que não se tome conhecimento deles. Em outras palavras, eles se agravam tanto que se tornam sua própria solução.

TOQUE #17
"O UNIVERSO CONSPIRA A FAVOR DE QUEM TEM A CORAGEM DE IGNORAR OS PROBLEMAS."

O universo não conspira a favor de quem insiste em ser feliz do jeito errado. Para essas pessoas o universo reserva um destino horrível, repleto de saltos de paraquedas e músicas do Skank. Pois não se engane: se você deixar a vida te levar para onde ela quiser e seguir a direção de uma estrela qualquer, como insiste em querer Samuel Rosa, invariavelmente vai acabar num réveillon na Praia Grande, ansiando para que a misericórdia de Deus ou um latrocínio oportuno te livrem deste pesadelo que é não saber ser feliz. E apenas para fim de informação, os 15% restantes dos problemas, que não podem ser resolvidos simplesmente sendo ignorados, podem ser delegados para terceiros hierarquicamente inferiores, em quem você pode colocar a culpa caso ele não seja resolvido de maneira satisfatória. Ou reivindicar os méritos, caso seja.

As pressões externas que atuam empurrando o indivíduo para fora da zona de conforto, forjando-lhe um destino, devem ser implacavelmente desprezadas. Naturalmente, essas pressões são conflitantes com o bem-estar, sendo necessária uma recusa a esse destino arranjado e emprestado pela sociedade viciada em ambição, em nome do reconhecimento das próprias impotência e insignificância.

A nossa cultura de guerra tenta sustentar a ilusão de que não há dignidade fora do círculo vicioso que é traçar objetivos e lutar de forma sacrificante por eles. Esse tipo de mentalidade é infeliz.

"O GUERREIRO, ASSIM COMO O HERÓI E O MÁRTIR, É UMA FIGURA INFELIZ, AO PASSO QUE O ACOMODADO TRIUNFA EM REPOUSO EM SEU BEM-ESTAR SEM NEM MESMO TER QUE LUTAR."

Sabendo-se que mesmo que uma vida repleta de trabalho, promoções, ambição, conquistas e fortuna também pode ser banal, mas não pode ser feliz, não há necessidade de abandonar a zona de conforto. E no momento em que praticamente não houver mais necessidade ou ambição, haverá apenas conforto. Haverá uma vida previsível, inerte, sem aspirações, inquietações, ilusões, emoções ou aventuras. Haverá uma vida feliz.

EXERCÍCIOS

Repita as frases a seguir quando acordar. Caso falar sozinho soe esquisito porque você está no começo de um relacionamento, a dica é fingir estar falando ao telefone com voz infantilizada com a sua mãe, o que sempre causa uma boa impressão, inclusive no ambiente de trabalho.

"NENHUM EVENTO É SUFICIENTE PARA ME INCITAR MOVIMENTO."

"EU POSSO RIDICULARIZAR, MENOSPREZAR OU EXCLUIR TUDO O QUE NÃO ME AGRADA OU NÃO ENTENDO. O QUE NÃO ME É FAMILIAR NÃO ME INTERESSA."

"EU COMETO ERROS, MUITOS, MUITOS. MAS DEPOIS EU ME ARREPENDO E DEPOIS ME ARREPENDO DO MEU ARREPENDIMENTO, E VOLTO A COMETER ERROS, MUITOS, OS MESMOS, PORQUE A VIDA É ASSIM."

"QUANDO EU CHEGO NO PONTO MAIS ALTO DE UMA MONTANHA, NÃO HÁ NADA A FAZER A NÃO SER ROLAR LADEIRA ABAIXO DESCONTROLADAMENTE, ONDE HÁ UMA CAÇAMBA DE ENTULHO ME ESPERANDO. E O NOME DESSA CAÇAMBA É 'MINHA VIDA'."

FELIZ

PARTE 3
individualismo

"Acima de tudo,
todo mundo só quer
ir para casa."

―――――

Craque Daniel

9. O ALTRUÍSMO VAI DESTRUIR A SUA MENTE

"Você vai ter dificuldade em tudo o que você se colocar para ter dificuldade. E você vai conquistar isso."

— *Craque Daniel*

Se o único bem que realmente interessa é a felicidade, qualquer ação que não atenda ao seu bem-estar é contra sua felicidade e, portanto, sua inimiga. E já que não há sentido no mundo, só faz sentido abraçá-lo em sua falta de sentido.

> TOQUE #18
> "SE NADA FAZ SENTIDO, A FELICIDADE
> É A NOSSA ÚNICA OPÇÃO."

Traçada a ligação obrigatória entre individualismo, imediatismo e bem-estar, não há sentido em sacrificar-se em nome de uma utopia, como não haveria sentido em sacrificar-se em nome de coisa alguma. Ações que levam em consideração o outro desequilibram a mente, incapaz de processar a razão de existir de uma atitude sem finalidade utilitarista. A fantasia do altruísmo, quando não visa amenizar o sentimento de culpa ou provocar uma autocongratulação, confunde o cérebro humano, que não foi programado para ações não motivadas pelo benefício próprio, e o resultado é o mal-estar.

A opção pelo egoísmo racional significa abrir mão também da polidez. Saber dizer "não" é saber delimitar a individualidade e defender a própria felicidade. O abuso da prestação de favores muitas vezes ocorre quando o sujeito se sente desconfortável em negá-los. Faz-se necessário, portanto, se prevenir desse tipo de situação, construindo uma relação com o próximo em que fique claro que nunca será uma boa ideia contar com você. Não se engane, a principal função de todos os seus familiares, colegas de trabalho e casos amorosos é tentar demolir a sua felicidade.

TOQUE #19
"NUNCA DÊ A IMPRESSÃO DE QUE VOCÊ PODE SER ÚTIL EM ALGUMA COISA."

E não há felicidade fora das fronteiras do indivíduo. O amor ao próximo é na realidade uma luta para calar a voz do mal-estar que insiste em gritar dentro de nós, é uma manifestação de amor a si mesmo, uma busca pela sensação de amar, pela autossatisfação. A caridade, sua manifestação mais espalhafatosa, é uma tentativa de calar o sentimento de culpa através da autocongratulação.

"Nós" não pode ser o plural de "eu", simplesmente porque não pode haver mais de um "eu". "Nós", portanto, é a soma do "eu" com os outros e por isso igualmente nocivo ao bem-estar. Transferir o que é benéfico ao "eu" para a impossibilidade que é o seu plural só pode resultar em desastres, mentiras e ilusões. É uma questão de lógica concluir que ocupar-se apenas consigo mesmo é menos complexo do que ocupar-se ou mesmo preocupar-se com os outros (e com o mundo), fazendo do individualismo, no mínimo, um facilitador administrativo.

Entretanto, é importante aprender a canalizar a individualidade de forma correta, evitando, por exemplo, procurar um "papel na vida", uma "missão no mundo". Esse tipo de alucinação apenas atravanca sua jornada rumo a uma indiferença equilibrada.

Mas também se engana quem pensa que uma vida dedicada ao egoísmo e à autossuficiência seja equivalente a ser você mesmo.

> "SER VOCÊ MESMO É A PIOR COISA QUE UMA PESSOA PODE FAZER."

Toda pessoa, sem exceção, é pouco inteligente, desmotivada, inconveniente, socialmente inapta e está acima do peso ideal. Isso quando ela não se chama Cauê. Como, então, colher os frutos sociais da decisão executiva de "ser você mesmo" sendo alguém tão completa e irreversivelmente desinteressante? Fica difícil. O mais adequado nesses casos é tentar construir para si mesmo, ao custo de infelicidade e neurose extremas, uma personalidade totalmente diferente da sua, mas que seja de fácil manejo.

"Tiro através do coração, e você é culpada. Você dá ao amor um nome ruim, nome ruim."

— Jon Bon Jovi

A civilização humana — desde sua gênese, quando o primeiro homem das cavernas construiu um ídolo feito de barro e fezes de diversos pássaros para adorar a um deus onipotente, até hoje, quando o rapper coreano Psy adquiriu seu primeiro carro voador — passa por um processo no qual demonstrações gratuitas de espontaneidade são vistas com olhos cada vez mais enviesados. O músico Axl Rose e o comunicador Liminha aprenderam isso da pior maneira possível. Um era obrigado a se humilhar trabalhando por migalhas para o Gugu. O outro é o Liminha. Mas como saber se eu estou passando pelo ridículo de ser eu mesmo? Como saber se, entre as rachaduras da minha identidade social hermética e misantrópica, não está se esgueirando uma pessoa espontânea, uma pessoa autêntica e, no pior dos casos, uma pessoa sem vergonha de ser feliz?

"NÃO TER VERGONHA DE SER FELIZ É, EM SI,
UMA DAS ATITUDES MAIS VERGONHOSAS
QUE ALGUÉM PODE TOMAR NA VIDA."

Pense um pouco nas pessoas que não têm vergonha de ser feliz: Gustavo Kuerten, pessoas de mais de cinquenta anos que usam o Tinder, participantes do "Se Vira nos 30", a vovó DJ, Eduardo Cunha e Eri Johnson. Pessoas que não têm vergonha de ser feliz andam de monociclo, cantam parabéns alto em restaurantes, usam óculos de plástico coloridos em formato de estrela em casamentos e gostam de Lenine. E o que todas essas pessoas têm em comum? Todas essas pessoas começaram sendo elas mesmas. Todas elas, em algum momento, seja numa epifania religiosa, numa doença terminal, num pacto de sangue ou numa jogada particularmente inspirada de futevôlei, perceberam que estavam perdendo tempo tentando agradar terceiros, e que dali para a frente passariam a agradar a única pessoa que interessa: elas mesmas. A minha pergunta para o leitor é: você passaria o resto da vida tentando agradar o Eri Johnson? Eu não.

Caso essas pessoas que insistem em ser elas mesmas não sejam impedidas pelo bom senso que não têm, e nunca terão, elas podem acabar causando mal a si próprias, a terceiros ou, pior, vencendo um reality show. A conclusão a que chegamos é que não existe nada mais brega do que a felicidade humana, e a espontaneidade é um caminho sem volta, mas é justamente essa breguice que você tem que agarrar com unhas e dentes. Portanto, caso você ainda tenha alguma pretensão de um dia se olhar no espelho com algum átomo de autoconfiança e entusiasmo antes de enfrentar mais um dia na sua rotina sem sentido, é bom começar a se desvencilhar desta carcaça incômoda chamada EU.

* * *

Nas últimas décadas, foram desenvolvidos vários métodos para alcançar este objetivo, como a terapia do grito primal, tratamento que consistia em gritar na cara da Yoko Ono até expulsar todos os seus demônios interiores e emergir como alguém completamente anestesiado para a vida. Apesar de extremamente eficaz, este método é pouco utilizado atualmente, pois, além de já estar com uma idade avançada, a Yoko Ono tem uma rotina muito atarefada, e sobra pouco tempo para você marcar uma sessão de gritos na cara dela. Hoje em dia, ela só atende a casos especiais, como o do cantor Bono Vox. Mas então como você pode alcançar o seu objetivo de nunca ser você mesmo? Como você pode chegar a um estado de espírito tal que consiga ignorar todos os seus impulsos naturais e se distanciar suficientemente de sua personalidade para se tornar alguém não apenas suportável, mas que você possa amar e valorizar?

> Lembre-se: se você não gostar de si mesmo, ninguém vai gostar de você. Mas se você gostar de si mesmo, ninguém vai gostar de você também, mas pelo menos você terá a autoestima e a força de vontade suficientes para planejar como e em que medida se vingará de todas essas pessoas — seja inventando mentiras sobre a vida pessoal delas, seja ligando incessantemente de madrugada e respirando lentamente quando a pessoa atender, deliciando-se ao ouvi-la perder aos poucos os últimos fiapos de sanidade que ainda lhe restam e se transformar em nada mais do que um retalho patético de neuroses e paranoia. Ou soltando um rojão na casa delas de madrugada.

Não escrevi este livro para enganar ninguém. Talvez, no futuro, escreva. Mas este, especificamente, não. Portanto, tenho que deixar claro que ignorar a si mesmo e a todas as idiotices que a sua consciência, sempre inconveniente, te sugere diariamente não é uma tarefa fácil.

Freud, após anos pesquisando e fazendo lobotomias em chimpanzés e parentes, concluiu que a consciência é a fração da nossa psiquê menos popular, com menos amigos e que, possivelmente, ainda é BV. Trata-se daquela vozinha chata que insiste em nos fazer refletir antes de tomarmos atitudes impensadas. "Será que isso é certo?", "Eu devo mesmo ignorar o alerta médico e continuar fumando pelo buraco da minha traqueia?" ou "Eu acho que ele ainda está vivo, não é melhor voltar e prestar socorro?" são algumas das frases preferidas da consciência, ditas sempre nos momentos mais inoportunos. Uma maneira de conseguir ignorar, e se possível amordaçar, a sua consciência numa cadeira, nesses momentos difíceis, é por meio da reflexão crítica.

"COM A CHAVE INGLESA ENSANGUENTADA AINDA EM MÃOS, PARE E PENSE: ATÉ ONDE A MINHA CONSCIÊNCIA QUER ME LEVAR? EU CONFIO NESTA PESSOA, QUE EM ÚLTIMA INSTÂNCIA SOU EU MESMO? EU SERIA FIADOR EM UM CONTRATO DE ALUGUEL DELA?"

Uma das grandes vantagens da imaturidade emocional é a capacidade de tomar decisões sem pensar, utilizando unicamente os impulsos mais primitivos do ser humano: comer, dormir, proteção contra predadores, conforto material e um Vectra 96. O raciocínio é apenas uma etapa dispensável de um processo que era para ser imediato, é um tipo de burocracia mental que apenas atrapalha, seja na hora de ganhar dinheiro ou de reatar um romance sem nenhuma chance de dar certo, se aprisionando numa relação claustrofóbica e destrutiva por carência e/ou vontade de pegar de volta o acústico do Alice in Chains que você esqueceu na casa dela (ou dele). Caso essa estratégia mais mental não apresente resultados, é hora de apelar para a artilharia pesada.

Esse método era considerado muito perigoso nos primórdios da humanidade, quando ainda precisávamos ficar alertas ao mundo exterior para perceber a aproximação de leões ou lagartos gigantes. Hoje, porém, o mundo objetivo que experimentamos empiricamente se transformou no grande inimigo do ser humano. O barulho de trânsito, o cheiro de diesel queimado no asfalto, a foto do Serginho Groisman fazendo propaganda de um curso de Rádio e TV: são inúmeras as agressões às quais o homem de bem está submetido quando vai à padaria ou acorda desprovido de memória no canteiro central de uma rodovia federal após um happy hour particularmente animado. O melhor, portanto, é aprender a nunca dar ouvidos aos seus cinco sentidos. Por mais que eles gritem, por mais que eles protocolem um abaixo-assinado virtual, nunca dê ouvidos à sua consciência e muito menos aos seus cinco sentidos.

TOQUE #20
"IGNORE COMPLETAMENTE QUALQUER ALERTA QUE SUA CONSCIÊNCIA OU QUALQUER UM DOS SEUS CINCO SENTIDOS QUISER TE DAR."

EXERCÍCIOS

Se chegou até aqui, acredito que você esteja pronto para as últimas frases a serem repetidas em voz alta na frente do espelho todas as manhãs. Caso você só consiga acordar às 16h45 a tempo apenas de acompanhar o *Cidade Alerta* para em seguida dormir novamente, uma dica é gravar as frases e ouvi-las em fones de ouvido enquanto dorme, na chamada sonoterapia. Enquanto dormimos, nosso subconsciente ainda está operante, e é por isso que alunos que dormem durante a aula normalmente têm boas notas, além de pênis alados desenhados em seus rostos.

"EU MEREÇO SER EGOÍSTA E O MUNDO MERECE QUE EU SEJA."

"TUDO O QUE ACONTECE DIZ RESPEITO À MINHA VIDA E À MINHA FELICIDADE, QUE É O MEU ÚNICO OBJETIVO."

10. O MARAVILHOSO MUNDO DA INDIFERENÇA

"Tá feliz? Espera que passa."

— *Craque Daniel*

Um estado de espírito praticamente inabalável, não pela rigidez de sua atitude, mas pela capacidade de amortecer os impactos e adaptar-se aos eventos, nada esperando dos acontecimentos, faz com que o homem conformista e pessimista evolua para o maravilhoso estado da indiferença, o último andar antes do terraço com piscina da felicidade. E não é suficiente apenas conformar-se com a vida e nada esperar dela. Não sem que esse escudo de frieza, desinteresse e desprendimento te forneça a solidez necessária para que seu terraço com piscina da felicidade não venha com surpresas desagradáveis, como diversas infiltrações ou um corpo de um jovem que veio a óbito por overdose acidental ocultado dentro da caixa de máquinas.

A infelicidade é como um enxame de abelhas que ataca o Macaulay Culkin naquele filme *Meu Primeiro Amor*: pode vir das mais variadas direções e te picar até você não conseguir mais respirar, estragando uma história que parecia legal. Mas existe um tipo específico e particularmente danoso de infelicidade fora do anonimato do conjunto social: o risco do envolvimento sentimental. Suas armadilhas são eficazes e a evolução desses laços envolve o sujeito numa rede de abelhas cujo veneno são as emoções e de onde desvencilhar-se sem ferimentos graves é praticamente impossível. É preciso, portanto, amparar-se num comportamento indiferente, frio, distante e protegido. Sem falar no poder de atração contido nesse tipo de comportamento.

TOQUE #21
"NÃO HÁ NADA MAIS CHARMOSO QUE A INDIFERENÇA."

O objetivo deste livro é ensinar quem o comprou (e não quem pegou emprestado) a ser feliz em suas vidas. Porém a vida não é feita apenas de momentos alegres, de puro deleite e entrega total a prazeres sensoriais, pois também temos que conviver com outros seres humanos.

Nem mesmo Robinson Crusoé ou Paulo Zulu, que deram a sorte de naufragar, respectivamente, em seu navio e em seu caiaque vegano, e se encontrarem distantes de qualquer traço de civilização, conseguiram ter paz durante muito tempo. No caso de Robinson, logo chegou seu vizinho, Sexta-Feira, que, como todo vizinho, era intrometido e tinha péssimo gosto musical. Já Paulo Zulu pagou um preço ainda mais alto pelo seu isolamento e pela relutância em se adequar às inovações deste novo milênio, como a antena parabólica e a captação de esgoto: após anos andando com sua bicicleta vegana numa ilha paradisíaca habitada apenas por repórteres de aventura,

> "A única coisa que dá mais alegria para a torcida do que um gol é um soco bem dado."
> — *Craque Daniel*

desaprendeu até mesmo os princípios mais básicos da interação com a tecnologia e acabou por enviar sem querer a um mundo indiferente uma foto de seu pênis, provavelmente também vegano. O fato de ele ser idoso, apesar de ainda extremamente bonito, também pode ter contribuído para tamanha gafe. Mas o que importa é que ele ficou muito triste, e não existe nada mais triste do que um idoso triste, e nu.

"NENHUM HOMEM É UMA ILHA, JÁ DIZIA BON JOVI, E, SE O BON JOVI DISSE, QUEM SOU EU PARA DISCORDAR? AS PESSOAS QUE DISCORDARAM DE BON JOVI HOJE ESTÃO TODAS DESEMPREGADAS E/OU SUMIRAM PARA SEMPRE SEM DEIXAR VESTÍGIOS OU TELEFONE PARA CONTATO."

E por mais que essa perspectiva possa parecer interessante, eu prefiro não arriscar. A questão é que o ser humano, infelizmente, é um animal social, ao contrário da coruja, que não é. Precisamos uns dos outros, seja para reconfigurar um roteador ou até mesmo amar. O amor, esse sentimento tão confuso, tão contraproducente e muitas vezes tão anti-higiênico que quando menos esperamos nos toma pelo colarinho e nos arrasta pela sarjeta, esfacelando os nossos sonhos mais mesquinhos e as nossas calças jeans envelhecidas de fábrica.

Assim como a vontade de montar uma banda cover, o amor é um dos sentimentos mais complexos que existem, e até hoje ninguém sabe direito, nem mesmo o Dráuzio Varella, de onde ele vem. Durante milênios, desde que o primeiro australopiteco adolescente escreveu uma poesia com fezes na parede de uma caverna para uma australopiteco da sua sala no colégio até os dias atuais, em que cientistas trabalham incansavelmente em laboratórios para isolar o gene da paixão e assim negligenciam seus respectivos cônjuges, que acabam nos braços de pessoas mais legais e tatuadas que eles, o amor é um grande mistério.

Acredita-se que ele seja uma mistura da ânsia por transcender nossa matéria física junto ao cosmos com a vontade de transar, mas essa teoria no momento ainda se encontra na fase de testes no acelerador de partículas do laboratório CERN, na Suíça, onde órfãos apaixonados são lançados a uma velocidade muito próxima à da luz e colidem uns com os outros.

> "O AMOR DESAFIA NÃO APENAS A CIÊNCIA, MAS TODA A NOSSA LÓGICA, E HUMILHA O BOM SENSO SEMPRE QUE PODE. ARTISTAS TENTARAM DEFINI-LO, DITADORES TENTARAM CENSURÁ-LO, MAS SÓ ANDRÉ GONÇALVES CONSEGUIU ENGRAVIDÁ-LO."

E, por mais que o amor-próprio seja o amor mais puro e duradouro que uma pessoa pode ter na vida, por mais que ele nos preencha com uma alegria que nem se compara a todas as outras interações humanas, por ser um amor por alguém de quem você realmente gosta e que respeita, chega uma hora em que a insensatez não apenas fala mais alto, mas grita, berra e faz escândalo na porta do seu prédio. E então, assim como faz o Cléber Machado com o Casagrande, para levar a insensatez a calar a boca logo de uma vez, temos que dar ouvidos a ela e começar a procurar nossa alma gêmea, alguém que você gostaria que estivesse sempre com você, na rua, na chuva, na fazenda ou até mesmo num show do Kid Abelha.

E no começo tudo é maravilhoso. Inclusive, poucas coisas na vida são mais lindas de se ver do que um casal apaixonado se tolerando mutuamente em praça pública. O amor pode fazer com que você tenha vontade de abrir a janela e gritar ao mundo coisas que nunca gritou antes e que não dê ouvidos quando seus vizinhos te mandam calar a boca. Quando se ama alguém, tudo é legal, e é justamente aí que mora o perigo. "Vamos dançar naquele fliperama de dança no shopping?" SIM! "Vamos ao batizado da filha da minha prima?" SIM! "Você seria minha fiadora em um contrato de aluguel?" SIM!

> O amor nos faz enxergar um mundo perfeito e totalmente cor-de-rosa, mas o problema de enxergar um mundo totalmente cor-de-rosa é que ficamos sem contraste e, impossibilitados de saber diferenciar uma coisa da outra, em pouco tempo acabamos sendo atropelados por um carro cor-de-rosa. E este carro cor-de-rosa cujo para-brisa estouramos violentamente com o nosso crânio repleto de sonhos chama-se ROTINA.

Um dia você está levitando, carregado pelos mais rechonchudos querubins, crente que o amor é capaz das coisas mais belas deste mundo e que a vida é um caminho florido e interminável de felicidade e gols do Pet aos 43 do segundo tempo, e quando percebe está acordando suado no meio da noite gritando o nome da sua ex-mulher ou dos advogados dela. Porque às vezes na vida você cria coragem e entra na fila da montanha-russa, ansioso por se sentir vivo e experimentar emoções radicais. Mas no final percebe que era a fila do trem-fantasma. Tarde demais: triste e vomitado, você volta a pé para casa. E chora.

A luta que travamos diariamente contra o amor é impossível de ser vencida. O máximo que alguém pode conseguir é encaixar alguns bons golpes abaixo da linha da cintura, mas no final ele sempre vai te derrubar e, não contente em derrubar, vai continuar te humilhando, como Clubber Lang em *Rocky III*, enquanto você tenta, engasgado pela própria mágoa e por um pouco de vômito que ficou preso na sua garganta, se levantar antes que o juiz encerre a contagem.

Mas quando você finalmente se levanta já é tarde demais. E nesses momentos em que você, completamente desmoralizado diante de todos, tenta juntar os cacos da sua vida desprezível mesmo com a sensação clara de que em algum lugar profundamente íntimo alguma coisa morreu para sempre e de que você terá que carregar essa carcaça decomposta feita de desilusão como uma lembrança do seu fracasso até o dia em que morrer sozinho e esquecido, é sempre bom manter a esperança. Amanhã é um novo dia! Uma nova oportunidade para ser feliz, para trabalhar, rever grandes amigos e denunciar anonimamente o pai da sua (ou seu) ex à polícia por participar de rinhas de galo clandestinas.

Dentro deste raciocínio amoroso encontra-se todo tipo de envolvimento sentimental, cujo ponto mais decadente é a irracionalidade da gravidez planejada, uma aberração moderna e sem sentido. A procriação é por natureza acidental, um desastroso efeito colateral do prazer sexual, mas ainda assim obviamente necessário para a perpetuação da espécie. É compreensível que os pais se afeiçoem e, portanto, amem e cuidem de um novo ser humano que sem querer acabou ganhando vida, mas não há lógica nem necessidade em deliberadamente produzir uma nova pessoa, a não ser através do egoísmo gerado pela carência afetiva ou obediência a normas sociais. Em todo o caso, são motivações fadadas ao colapso emocional.

Gerar um novo ser que precisa ser desesperadamente entretido o dia inteiro na esperança de que, com alguma sorte, ele caia dormindo nem que seja por quinze minutos e permita que seus progenitores tentem desesperada e inutilmente viver um pouco, apenas para logo depois voltarem à rotina de implorar para que esse ser coma pelo menos o suficiente para sobreviver e não destrua tudo ao seu redor. É interessante observar na pureza da criança, sempre a colocar chaves em tomadas e engolir ou esfregar nos olhos todo tipo de substância tóxica, que o objetivo do ser humano é destruir tudo, inclusive a si mesmo.

Isso obviamente não torna melhor uma situação ruim nem melhora uma situação boa, muito pelo contrário.

"SEM CONTAR QUE É REVOLTANTE UM BRASILEIRO CONSEGUIR TER UMA EREÇÃO OU UMA BRASILEIRA UMA LUBRIFICAÇÃO NA SITUAÇÃO EM QUE O PAÍS ESTÁ."

Uma vida sem nenhum tipo de paixões, portanto, é fundamental para aquele que opta pela felicidade, pois o deslumbre com as emoções e seu inevitável e eterno ciclo de busca, perda, falta e busca vão prendê-lo num inferno passional.

Nota do autor

Os iniciados na indiferença encontram beleza na alienação, que pode ser tanto uma característica natural quanto uma opção — assim como a felicidade. Alienar-se de assuntos que causam sofrimento ou simples desconforto é um movimento glorioso em direção ao bem-estar. A aceitação do mundo requer um toque de ignorância voluntária. Todos os dias, em todos os lugares, seja no ambiente de trabalho, seja no círculo familiar ou através de um velho bêbado ao meio-dia na padaria, vão tentar te ensinar algo. Cabe a você, guerreiro da felicidade, resistir e manter-se firme ao seu propósito de ser feliz até o final do dia todos os dias. Um dia de cada vez.

TOQUE #22
"A IGNORÂNCIA REQUER UMA LUTA POR PRESERVAÇÃO CONSTANTE. NUNCA APRENDER ABSOLUTAMENTE NADA É UM ESFORÇO E UMA CONQUISTA."

Apenas combatendo qualquer invasão de informações que não confirmem suas opiniões previamente sedimentadas você vai conseguir evitar o desnorteamento e o desconforto provocados pelas correntes contrárias à sua linha de pensamento já definida e pela qual você tanto lutou. A sabedoria é incômoda, assim como um mundo onde os conceitos são totalmente relativos é desordenado, confuso, disfuncional e impraticável. Fuja dele. Seja feliz.

11. O PODER TERAPÊUTICO DO RANCOR

"A crise é um organismo pulsante. O gerenciamento de crises é mantê-las vivas, cultivá-las e prover situações para que elas possam procriar."

— *Craque Daniel*

A grande novidade da galera descolada que andava com Jesus no Novo Testamento era o perdão. Como o pogobol do Gugu nos anos 80 ou tirar fotos do próprio prato de comida hoje em dia, a ideia era de que servisse de ruptura para a cadeia de violência, mas todo mundo viu que deu errado. Entretanto, não só o perdão falhou como forma de romper a cultura da violência, como ele próprio demonstrou ser gerador de ansiedade. Impedido de se vingar, como manda a lógica estabelecida nas raízes de nossa conflituosa sociedade, e incapaz de perdoar, como mandam as normas morais, tem-se um crescimento progressivo de angústia e sofrimento no indivíduo. O rancor, portanto, é o único caminho para uma sociedade pacífica.

TOQUE #23
"NADA ENVELHECE MAIS RÁPIDO
DO QUE A FELICIDADE E O AMOR."

O rancor, por sua vez, quando bem alimentado, dura para sempre. Por que então perder tempo com um sentimento que definha diante dos seus olhos impotentes quando você pode abraçar um outro, que a cada dia se mostra mais forte e saudável? Usando como exemplo o mundo pet, que eu sei que é popular entre voçês: para que comprar um porquinho-da-índia, que passa as suas três semanas de vida num estado de constante terror e pânico, e que pode ser esmagado acidentalmente a qualquer momento, quando você pode ter um colorido e confiável papagaio, que dura mais de 250 anos e, assim como o legado da sua miséria, será passado para os seus filhos, reconhecidos na justiça ou não, e que pode inclusive aprender a cantar o hino do seu clube do coração para entreter as visitas? Apenas salientando aqui que esta analogia também funciona com chihuahuas x tartarugas.

    Mas mesmo diante de argumentos contundentes, muitas vezes gritados diretamente em seus rostos, muita gente ainda acredita no amor, por algum motivo obscuro. Tem gente que gosta do Cirque du Soleil, tem gente que pratica ecosport, seja lá o que for isso, e tem gente que acredita no amor, e que vive agarrado a essa crença, mesmo diante de todas as dificuldades que a vida a dois impõe, sendo a principal delas o fato de a pessoa amada ir ficando mais feia à medida que envelhece. O homem romântico, cada vez mais raro após diversas campanhas de conscientização e vacinação do governo, contraria não apenas o bom senso, mas também as estatísticas, e insiste em fazer uma relação humana extremamente complexa dar certo. Se você é uma dessas pessoas, não desanime, eu tenho certeza de que no fim vai dar tudo certo e de que, quando você estiver na pior, passando por momentos muito complicados, como a perda de um ente ou automóvel querido, quando o mundo te parecer um lugar hostil e assombrado, a pessoa que você mais ama na vida estará ao seu lado. Para terminar o namoro com você e pedir o acústico do Alice in Chains de volta.

A dica aqui, tanto para quem desistiu do amor no primeiro divórcio litigioso quanto para quem insistiu até se tornar um farrapo encardido de amargura, é aproveitar este momento e tirar dele algo de bom. Uma desilusão amorosa proporciona basicamente duas etapas facilmente identificáveis, das quais você pode fazer uso para tirar horas e horas de prazer: a primeira vem logo após o fim, uma ressaca linda e colorida feita de autopiedade, o sentimento mais nobre e precioso que um ser humano pode sentir. Desperdiçá-lo levantando a cabeça e dando a volta por cima, preservando a dignidade, criando vergonha na cara ou até mesmo mantendo uma rotina básica de higiene pessoal é desperdiçar um momento que você não sabe quando, ou até mesmo se algum dia, se repetirá.

"A AUTOPIEDADE É UMA CARTA BRANCA PARA VOCÊ SE COMPORTAR DA MANEIRA QUE SEMPRE QUIS, MAS SEMPRE REPRIMIU, ACORRENTADO PELA DITADURA DA CONVIVÊNCIA SOCIAL.
É UMA PROCURAÇÃO PASSADA PELO SEU EGO AO SEU ID, AQUELE MOLEQUE TRAVESSO, AQUELE ERÊ DESCALÇO QUE VIVE DENTRO DE VOCÊ, QUE SÓ QUER SER FELIZ E PRATICAR ATOS DE VANDALISMO CONTRA A PROPRIEDADE PRIVADA ALHEIA."

Nesse momento você pode ser você mesmo, seja almoçando sorvete ou tratando mal pessoas que nutrem um carinho especial por você. Elas vão entender, afinal de contas você está passando pela chamada barra. É uma oportunidade boa para ficar em casa em meio a embalagens vazias de Cebolitos, colocando em dia seus programas favoritos na TV aberta. E é nesse ambiente, entre especulações sobre a vida sexual de Zezé Di Camargo e flagras de latrocínios capturados e narrados ao vivo do alto de um helicóptero, que a sua alma vai entrando numa frequência extremamente pacífica, sufocando a saudade de ser feliz que vez por outra pode brotar do seu coração machucado. É também uma época propícia para você se masturbar chorando, prática bastante prazerosa, porém muito censurada por psiquiatras e colegas de apartamento. Até que, de seis a oito meses depois, em média, quando você se sentir confiante o suficiente ou tiver adquirido diabetes ou destruído alguma outra glândula vital do seu organismo com o seu estilo de vida perigoso e agressivo, rico em açúcares e nos corantes mais deliciosos que a ciência já conseguiu extrair da medula óssea de animais em extinção, é hora de partir para a segunda etapa do luto.

Agora sim, tendo se lambuzado obscenamente com o doce mel da autopiedade, chegou a hora de mostrar ao mundo que você superou o término. O objetivo nesta segunda etapa é demonstrar, pelos meios mais neuróticos possíveis, que você está bem, muito bem obrigado, e que de fato ter tido o seu coração terraplanado impiedosamente por alguém com quem você tinha planos de comprar roupa de cama junto num futuro muito próximo foi a melhor coisa que poderia ter acontecido em toda a sua vida. Melhor do que aquele dia em que você ganhou um bolo numa quermesse ou aquele dia em que você fez um gol do meio de campo na aula de educação física.

Agora sim é a hora de sacudir a poeira, os farelos de Cebolitos e entrar numa academia, pois nada grita "Eu estou emocionalmente estável!!!" como uma aula de krav maga ou uma operação no joelho devido à prática de exercícios de alto impacto não supervisionada por um profissional competente. Essa tática atua em dois planos paralelamente: você mostra para o mundo, e principalmente para a pessoa que extinguiu a sua esperança de algum dia ser feliz e confiar novamente em alguém, que finalmente superou o fim do relacionamento e que todo aquele papo sobre desistir de tudo e voltar a trabalhar na farmácia do seu tio não passava de brincadeira, tudo isso enquanto adquire um corpo extremamente cobiçado, conquistando — através dos olhares de aprovação e desejo sexual que passa a receber de estranhos — a autoestima e a saúde mental que você tanto merece.

Agora que você já superou completamente a dor da separação de maneira madura e sensata, é comum sentir um desejo insano de vingança, uma vontade de mostrar ao mundo o monstro horrível de cujas garras você finalmente conseguiu escapar ao levar um fora. No entanto, por mais que destruir a vida do ex possa ser uma atividade divertida e intelectualmente estimulante, uma boa oportunidade para você colocar em prática tudo que aprendeu em *Atração Fatal* ou *Esqueceram de Mim*, passar a ser movido exclusivamente pelo ódio pode ter consequências graves, nem tanto para a sua paz de espírito, mas para o seu sistema digestivo.

Então, muita calma antes de sair por aí espalhando que o seu ex beija mal ou que ele nega a existência do holocausto. A não ser que isso tudo seja verdade, a sua melhor vingança será o dia que ele (ou ela) te encontrar "acidentalmente" na porta da casa dele (ou dela) e perceber que você está bem, saudável, se cuidando, cortou o cabelo, finalmente cauterizou o furúnculo no ombro e pelo jeito comprou um binóculo.

"A VINGANÇA É UM PRATO QUE SE COME FRIO.
COMO O CARPACCIO, SÓ QUE SEM ALCAPARRAS,
PORQUE EU NÃO GOSTO DE ALCAPARRAS."

Neste momento de reciclagem emocional é muito mais interessante tentar entender por que doeu tanto ter tido todos os seus planos de felicidade arrancados de dentro do seu coração sem assepsia pelas garras cruéis de uma pessoa insensível que provavelmente está tendo o melhor sexo da vida dela neste exato momento.

Doeu porque você, em sua infinita magnitude e bondade, se entregou demais. Se você comprou este livro é porque o seu maior defeito é se entregar demais, é ir fundo, é se recusar a estabelecer qualquer relação que não seja extremamente vital. Por mais defeitos que você possa ter, e eu imagino que você tenha vários, desde mau hálito até ser o Marcelinho Carioca, eu tenho certeza de que você sempre conseguiu tocar todos ao seu redor num lugar profunda e dolorosamente humano.*

* * *

Para a manutenção do equilíbrio que age como pilar sustentador da felicidade, é necessário saber administrar uma das emoções de maior poder desestabilizador, inclusive do rancor: a raiva. A raiva, assim como a esperança, é também um sentimento de insatisfação e falta.

Externar essa cólera, entretanto, não é um modo eficaz de anulação de seu poder nocivo à felicidade: além de já ter tido tempo de causar sérios danos ao bem-estar até o momento de explosão, a vingança e a violência são impulsos do homem raivoso, portanto tão anticlimáticos e vazios como a concretização de qualquer desejo, também conhecido como o fim do desejo — como já exposto anteriormente. A sua alternativa natural, que é a covardia, a princípio pode parecer interessante por ser um pacificador dos ânimos, mas na verdade atua provocando uma sensação desagradável de situação mal

---

*Apenas deixando claro que essas afirmações não têm validade legal, e eu não me comprometo a literalmente testemunhar a favor da sua boa índole, confirmar que você tenha algum dia tocado alguém num lugar profundo nem tampouco dolorosamente humano. Caso tenha tocado pessoas de maneira imprópria, fica aqui também o meu total repúdio e o registro de que eu nem te conheço, estava apenas tentando ser legal com alguém que, no final das contas, comprou o meu livro. Caso você não tenha comprado o livro e esteja lendo este parágrafo de pé na livraria, ignore esta parte toda, pois ela não tem absolutamente nada a ver com o resto do livro. E nem querer te agradar eu quero.

resolvida, ou seja, impede a vingança e a violência, mas não o seu desejo.

Como não é possível tornar-se completamente indiferente e evitar totalmente situações estressantes de conflito e irritação causadas pelo outro, a única forma de anular o poder negativo desses sentimentos é absorvê-los e cultivá-los através do rancor. O perdão, historicamente indicado para essa função, é ineficaz, deixando no indivíduo que perdoa, ou pensa que perdoa, a sensação de ter saído em desvantagem de um conflito. Perdoar é perder.

Em muitos casos, são classificadas como perdão atitudes de outra natureza, como a indiferença ocasional ou o simples esquecimento, num perdão tão legítimo quanto o de um cachorro. Mas ao contrário da raiva e do perdão, que fazem sofrer, o rancor proporciona o poder de deitar-se tranquila e equilibradamente no leito da ira conformada.

TOQUE #24
"O RANCOR É O SENTIMENTO
QUE NOS DIFERE DOS ANIMAIS."

Esse sentimento tão pouco valorizado hoje em dia é o único direcionamento saudável a ser dado aos aborrecimentos. Não existe indiferença absoluta às atitudes alheias e ninguém é inatingível. O rancor deve ser mantido porque traz bem-estar, ao contrário da obrigatoriedade do perdão, da bondade compulsória, tão alheias à natureza humana, causando uma espécie de irritação alérgica em nossa mente. Mesmo um sentimento adormecido, uma vez provocado por uma ofensa, despertará eventualmente, provocando uma dívida interna consigo mesmo, já que o perdão sempre deixará resquícios infecciosos, ainda que quase imperceptíveis, como aquele herpes que aparenta surgir de tempos em tempos, mas na verdade nunca deixou de estar ali, um herpes de angústia, de pequenas bolhas dolorosas cheias de mágoa em estado líquido.

O rancor funciona como uma espécie de vingança interior que soluciona psicologicamente os conflitos pendentes com o próximo, sedimentando espaço para o bem-estar, libertando o sujeito da sensação de desvantagem, além de livrá-lo dos incômodos da vingança e da violência. Além disso, não exige desprendimento, pois o rancoroso não abre mão do sentimento a que é apaixonadamente apegado. E quem vai ser contra a paixão? A resposta é difícil. Mas é Roberto Justus. Essa é a resposta. Mas fora isso, quem vai ser contra a paixão? Difícil dizer.

TOQUE #25
"É PRECISO DISCIPLINA PARA
MANTER O RANCOR VIVO."

EXERCÍCIOS

Uma vez compreendidos os benefícios dos sentimentos rancorosos, não basta apenas armazená-los a cada oportunidade. É preciso aprender como conservá-los e cuidar deles, como pequenas maritacas de asas cortadas que sabem gritar "bom dia" e "socorro, alguém me ajude, estou aqui contra a minha vontade, preciso voltar para a minha família, minhas asas foram cortadas, seus monstros, me deixem ir embora, vai Corinthians, fiu fiu, bom dia".

Pois o maior inimigo do rancor é inevitável: o tempo. O tempo amacia as pessoas, distorce os fatos, confunde a memória. E uma boa memória, além de ser uma maldição, requer disciplina e é fundamental para a perpetuação de todo tipo de mágoa. Os exercícios abaixo têm como objetivo combater a ação do tempo e evitar que o ressentimento se dissipe.

ANOTE NUM PAPEL O NOME DAQUELES QUE DESPERTARAM A SUA INDIGNAÇÃO, DESCREVA A SITUAÇÃO E COLE NA PORTA DA GELADEIRA. ALÉM DE RELEMBRAR O FATO DIARIAMENTE E ASSIM CONTRIBUIR PARA A MANUTENÇÃO DO SENTIMENTO, PENSAR NO ASSUNTO ENQUANTO SE INGERE ALIMENTOS SIMBOLIZA O CAMINHO QUE A MÁGOA DEVE FAZER NO SEU ORGANISMO E AJUDA NO PROCESSO DE INTERIORIZAÇÃO DO DESGOSTO.

> SENTE NUM LUGAR DESCONFORTÁVEL, FECHE OS OLHOS E RESPIRE PROFUNDAMENTE. IMAGINE QUE O RESSENTIMENTO É UMA BOLA PRETA LOCALIZADA DENTRO DO SEU CORPO, À ALTURA DO ESTÔMAGO; COLOQUE AS MÃOS NESSA BOLA, AQUECA-A, MANTENHA-A.

Outro exercício muito interessante é imaginar o oceano: vasto, lindo, parcialmente livre de sacos plásticos, repleto de vida e pessoas surfando. Ei, será que aquele cara ali é o Flea, dos Red Hot Chili Peppers? É, sim, ele sempre vem para cá surfar e é uma pessoa muito humilde com todos, além de ter a sensatez de não trazer o baixo. Isso sem falar nos golfinhos, esses seres mágicos e lubrificados que acompanham pescadores e ajudam pacientes terminais a esquecerem por um segundo a máquina de hemodiálise acoplada ao seu sistema nefrológico 24 horas por dia. Eles brincam e divertem a todos, seja em seu hábitat natural ou enjaulados na Disneylândia, e, apesar de beijarem muito mal, não deixam que isso afete a sua capacidade de sentir uma das emoções mais sofisticadas, ainda que evolutivamente muito pouco eficazes: a empatia.

Encantado por aquele ambiente, você se aventura em águas mais profundas e, como Jacques Cousteau, é movido pela curiosidade e pela imensidão azul da vida que te fascina a cada olhar: recifes de coral, tartarugas (falantes ou não), cardumes de peixes coloridos e o mistério sobrenatural das baleias, tão pacíficas e seguras de si, como se soubessem de algo muito importante que você não sabe e nunca vai saber, mas que provavelmente tem algo a ver com a vidinha de baleia delas e você não entenderia.

Munido da coragem e do oxigênio artificiais que seu pequeno submarino lhe proporciona e acompanhado apenas de sua equipe de filmagem, você desce cada vez mais fundo, onde a pressão atmosférica é tão alta que nenhum ser humano conseguiria sobreviver e a luz do sol não consegue penetrar. Aos poucos os peixes e barris de lixo atômico vão sumindo, e a fauna fica cada vez mais escassa; coisas que nunca deveriam ser vistas por olhos humanos fogem assustadas ao se depararem com o farol do seu submarino: pesadelos de dentes pontiagudos te penetram com seus olhos cegos e gritam de agonia, criaturas deformadas que fazem aranhas-caranguejeiras parecerem filhotes de beagle vomitando algodão-doce.

Tudo o que a seleção natural varreu para debaixo do tapete geológico do planeta Terra nos últimos cem milhões de anos agora te cerca. A pressão começa a esmagar o seu submarino, e você, apenas um francês idoso com problemas respiratórios, e possivelmente incontinência urinária (é muito comum), começa a desconfiar que cometeu o maior erro da sua vida. Quando o primeiro parafuso estoura dentro da cabine, a água salga de uma só vez todas as feridas de uma vida desgraçada o suficiente para te empurrar para os confins da fossa mais profunda do oceano, e a última coisa que você enxerga antes de ser engolido pela escuridão gelada do abismo é uma lula gigante, seus olhos abertos cobrindo a área de uma pequena quitinete parecem dizer: "Eu andei pensando, a gente precisa conversar."

Mas tem também o jet ski, que pode ser uma opção para quem gosta de um passeio mais radical.

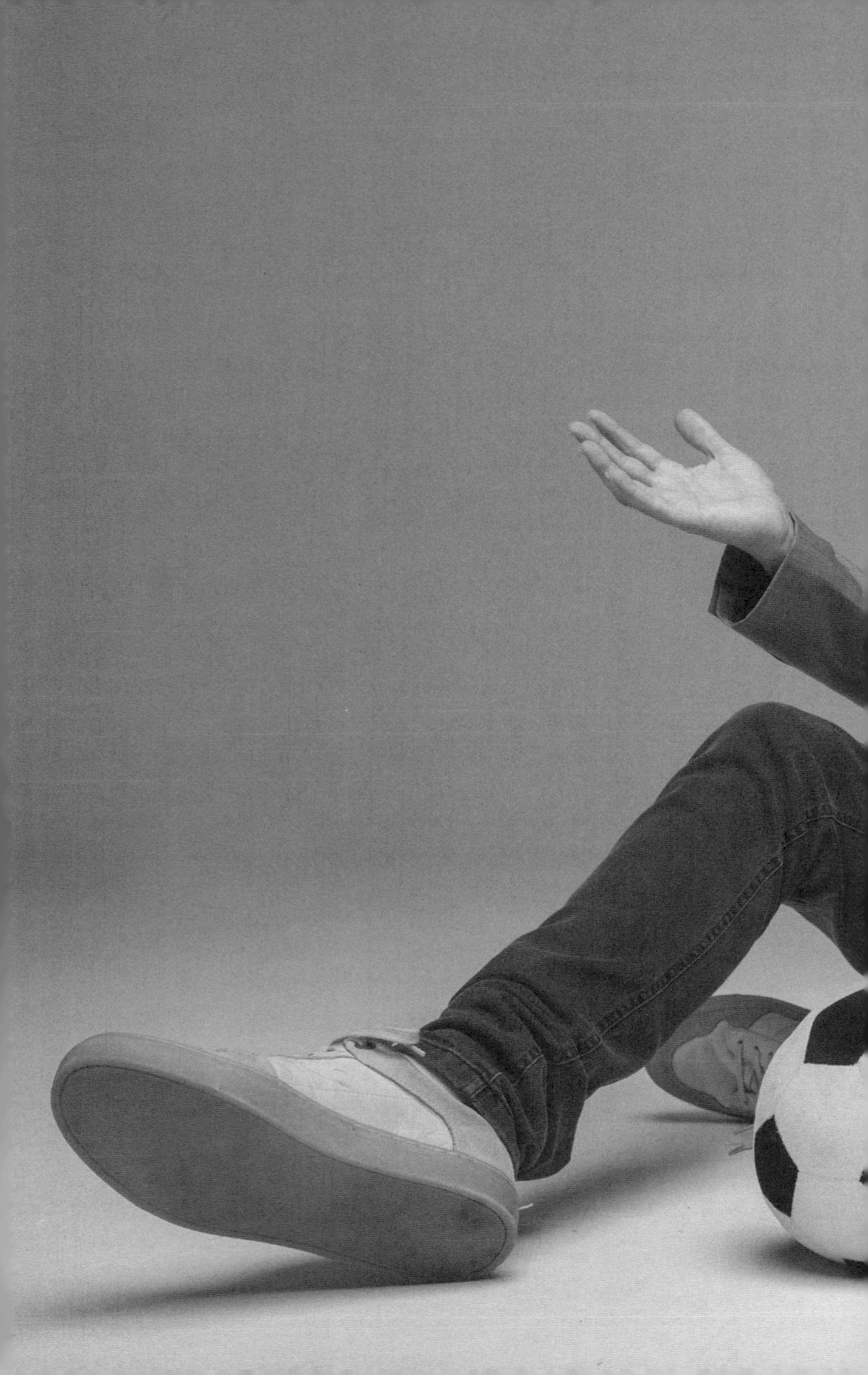

EPÍLOGO

"Nunca é tarde
demais para parar
de sonhar."

―――

Craque Daniel

TOQUE #26
"A VIDA É MUITO CURTA PARA VIVER CADA DIA
COMO SE FOSSE O ÚLTIMO."

Espero que essas dicas te ajudem a perceber que até hoje a sua vida foi dedicada exclusivamente a atividades inúteis e que a felicidade não é um caminho cheio de rampas, pontes levadiças e pessoas atirando bolas de futebol em você. O nome disso é Olimpíadas do Faustão e é um formato registrado pelo Fausto, cujos direitos televisivos (não incluindo streaming) estão estipulados na casa dos milhares de reais. Caso insista em seguir este caminho, você não vai alcançar a felicidade, mas o Fausto com certeza vai, quando entrar com uma ação na justiça baseada no artigo 184 do Código Penal Brasileiro e tirar até o último centavo da sua conta bancária. E não é o dinheiro que o fará feliz, mas olhar bem fundo nos seus olhos e ver que ele conseguiu te quebrar, te destruir completamente e enxergar apenas uma casca quebradiça de arrependimento onde antes existiam sonhos e desejos de alguém que um dia foi um ser humano. É isso a única coisa que o faz feliz. É nisso que ele pensa quando se deita seminu em seu sofá gigante depois do almoço.

Um forte abraço,
Craque Daniel

AGRADECIMENTOS

Daniel Furlan

Quando conheci Caíto Mainier e o nosso *Falha de Cobertura* ainda não era nem um girino, a única coisa que tínhamos em comum era lembrarmos com saudade da mesa-redonda *Camisa 9*, conduzida por Luiz Orlando Baptista nos anos 90 na CNT Rio. Agradeço a todos do programa que, como eles mesmos diziam, "nas tardes dos seus dias úteis", nos inspiraram e nos inspiram até hoje em nossas memórias com debates esportivos como deveriam ser: parciais, apaixonados e com os momentos de desequilíbrio emocional que tornam tudo mais belo. E principalmente a todos da TV Quase por me ajudarem a desenvolver este ser, Craque Daniel, que eu tanto desprezo, mas que vive dentro de mim.

Pedro Leite

Ao Daniel (autor) por me convidar a cristalizar a filosofia de vida de Daniel (o craque) neste livro. A todos da TV Quase pela amizade, apoio e confiança no decorrer dos anos, em especial a Caíto Mainier, cujo Cerginho se fez presente em todas as etapas deste livro com sua burrice pura e semianalfabetismo ingênuo, sem os quais o Craque Daniel não poderia ser, como contraste, esta pessoa tão horrível e desagradável que todos gostamos que ele seja. E à tentativa de implantação da cultura europeia em extenso território, dotado de condições naturais, se não adversas, largamente estranhas à sua tradição milenar, por parte de nossos colonizadores, e que resultou em um cenário sociocultural adequado ao surgimento do tipo de pé-de-chinelismo orgulhoso que é exclusivamente nosso e, no fim das contas, é o pai de todas as figuras coloridas e folclóricas que povoam o *Falha de Cobertura* e o futebol brasileiro.

AUTORES

Pedro Leite foi roteirista do programa *Furo MTV* entre 2010 e 2013, *Foca News* entre 2015 e 2016, e trabalha em *Irmão do Jorel*, *Falha de Cobertura* e *Choque de Cultura*.

Daniel Furlan faz parte do coletivo TV Quase e é, portanto, um dos criadores, roteiristas e atores de programas como *Choque de Cultura*, *Falha de Cobertura* e *O Último Programa do Mundo*, além de *Irmão do Jorel*, onde atua e faz redação final e músicas, e *Lady Night*, onde atuava e contribuía nos roteiros. Foi colunista da *Folha de S. Paulo* e, como ator, estrelou recentemente a série *Pico da Neblina*, além de diversos longas desde 2014, entre os quais *La Vingança* e *TOC: Transtornada, Obsessiva, Compulsiva*.

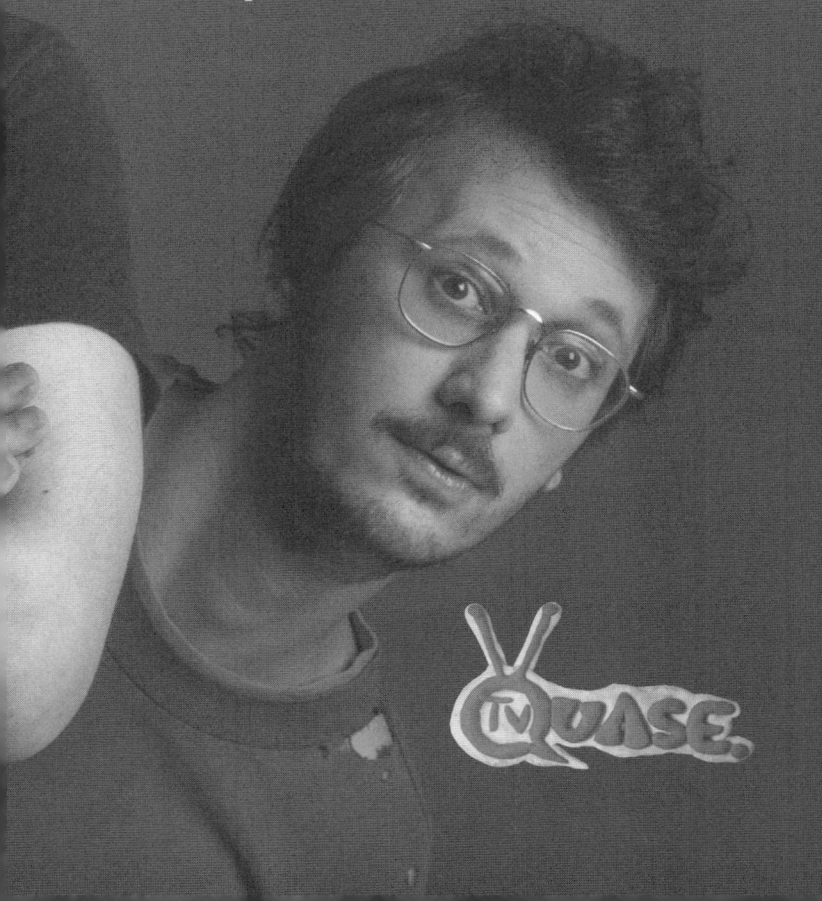

1ª edição	ABRIL DE 2020
reimpressão	FEVEREIRO DE 2023
impressão	IMPRENSA DA FÉ
papel de miolo	PÓLEN SOFT 80G/M²
papel de capa	CARTÃO SUPREMO ALTA ALVURA 250G/M²
tipografia	DTL DORIAN